紫式部の娘。

賢子《かたこ》がまいる！

作　篠 綾子

絵　小倉マユコ

静山社

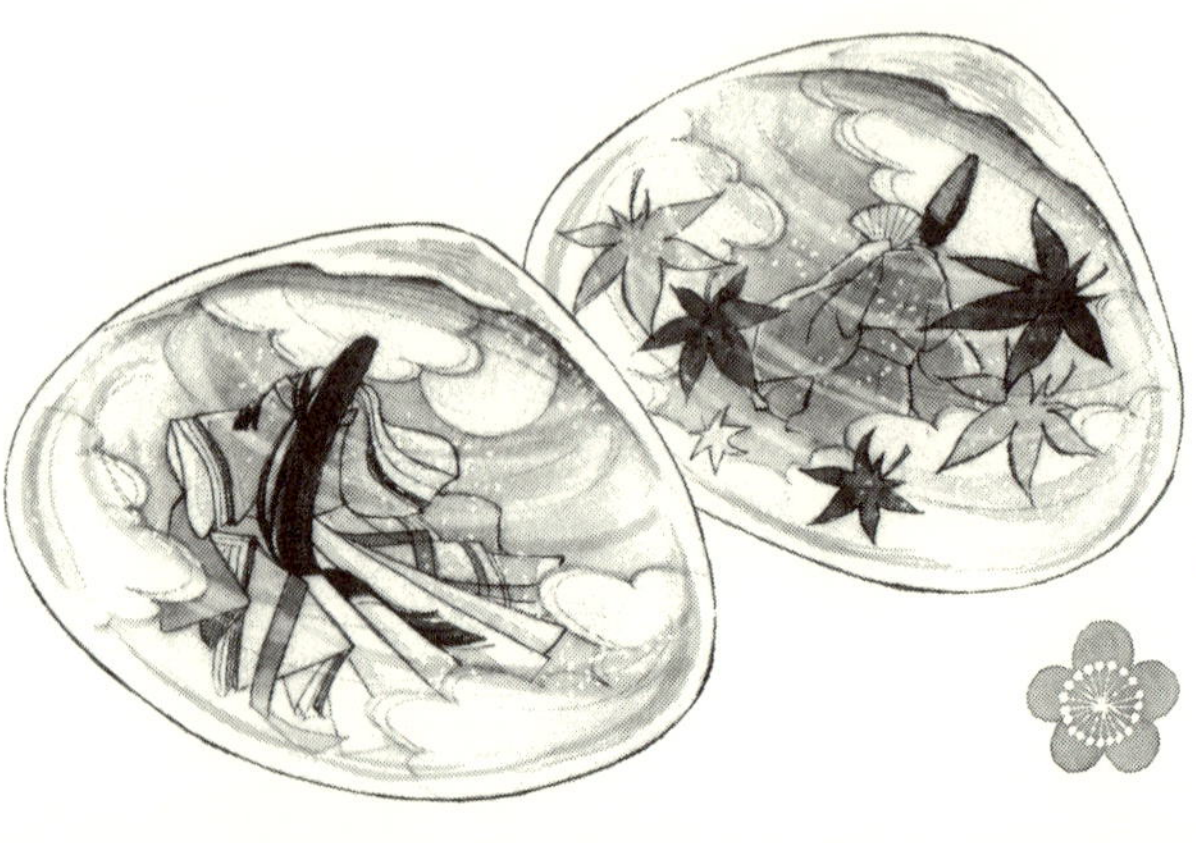

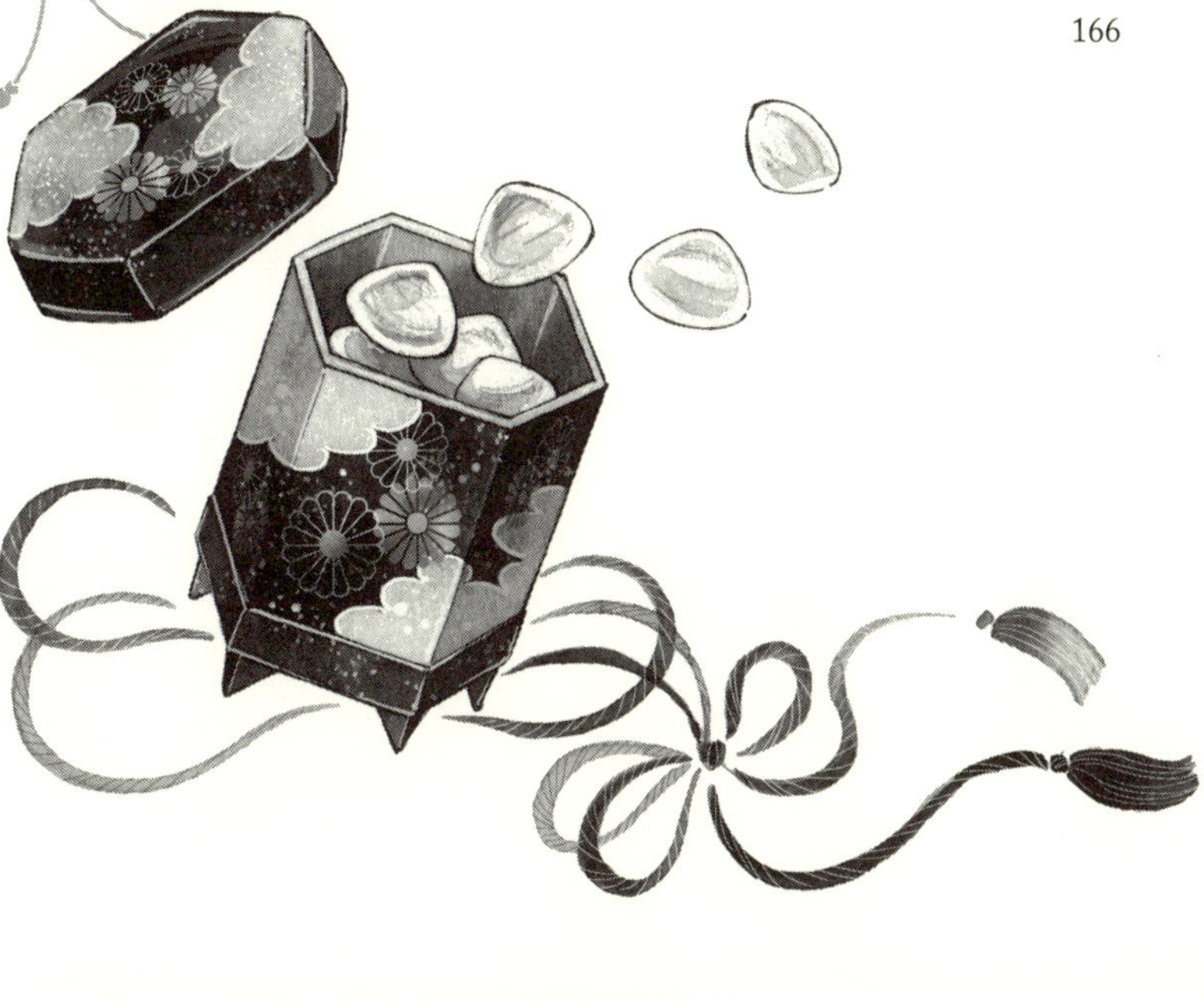

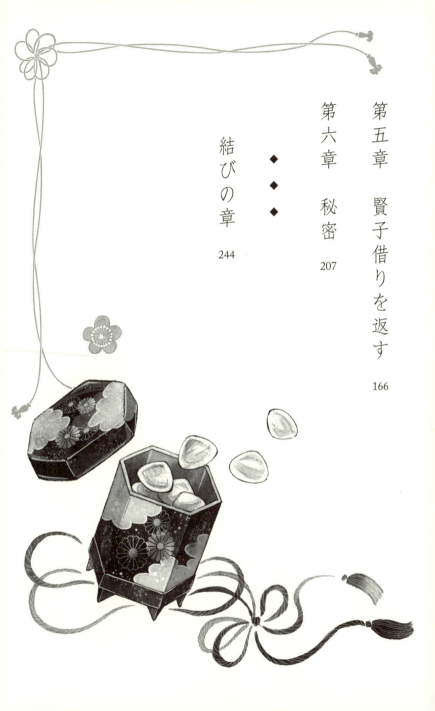

主な登場人物
賢子
かたこ
紫式部《むらさきしきぶ》の娘《むすめ》。
負けず嫌《ぎら》いの
夢見る十四歳《さい》
右近衛中将
頼宗
うこのえのちゅうじょう
よりむね
藤原道長の子で、
今光君と噂《うわさ》の
美青年
小式部
こしきぶ
恋《こい》多き女
和泉式部《いずみしきぶ》の娘で、
賢子のライバル
小馬
こま
面倒見がよく、
賢子の世話係的
存在

中将君良子
ちゅうじょうのきみよしこ
賢子いじめの中心人物だったが……
皇太后彰子
こうたいごう　あきこ
紫式部と賢子が母娘で仕える女主人
左衛門の内侍
さえもんのないし
意地の悪い老女で、紫式部のことも目の敵にしていた
紫式部
むらさきしきぶ
かの有名な『源氏物語』の作者で賢子の母

◆宰相君

◎さいしょうのきみ

賢子の母紫式部の友人で賢子のよき相談役

◆藤原定頼

◎ふじわらのさだより

どこか頼《たよ》りないが、秀才で有名な藤原公任《きんとう》の息子

◆源朝任

◎みなもとのあさとう

おだやかで落ちついた人柄の好青年

この物語に登場する藤原家の相関図

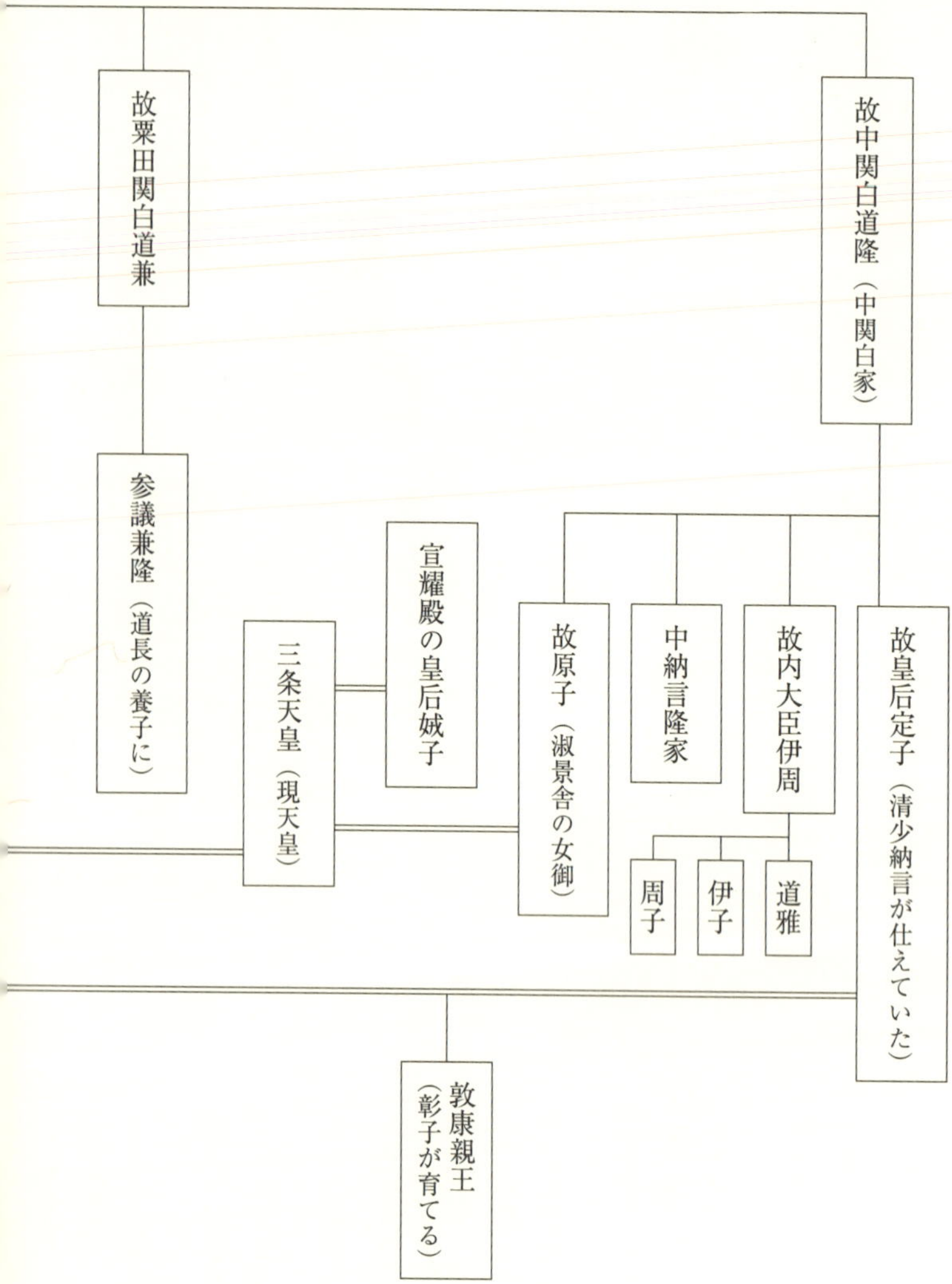

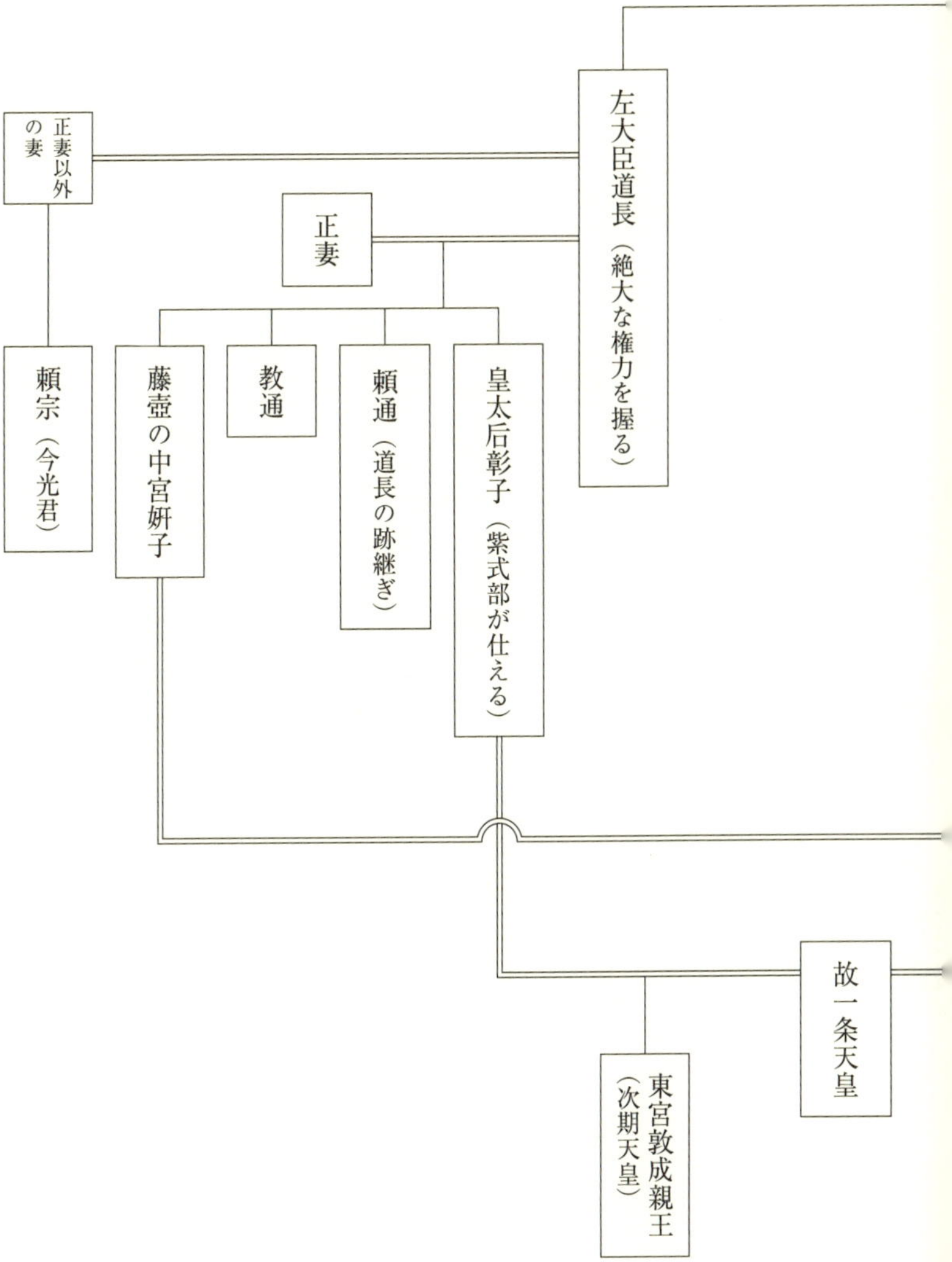

左大臣道長（絶大な権力を握る）
正妻以外の妻
正妻
皇太后彰子（紫式部が仕える）
頼通（道長の跡継ぎ）
教通
藤壺の中宮妍子
頼宗（今光君）
故一条天皇
東宮敦成親王（次期天皇）

宮中の地図

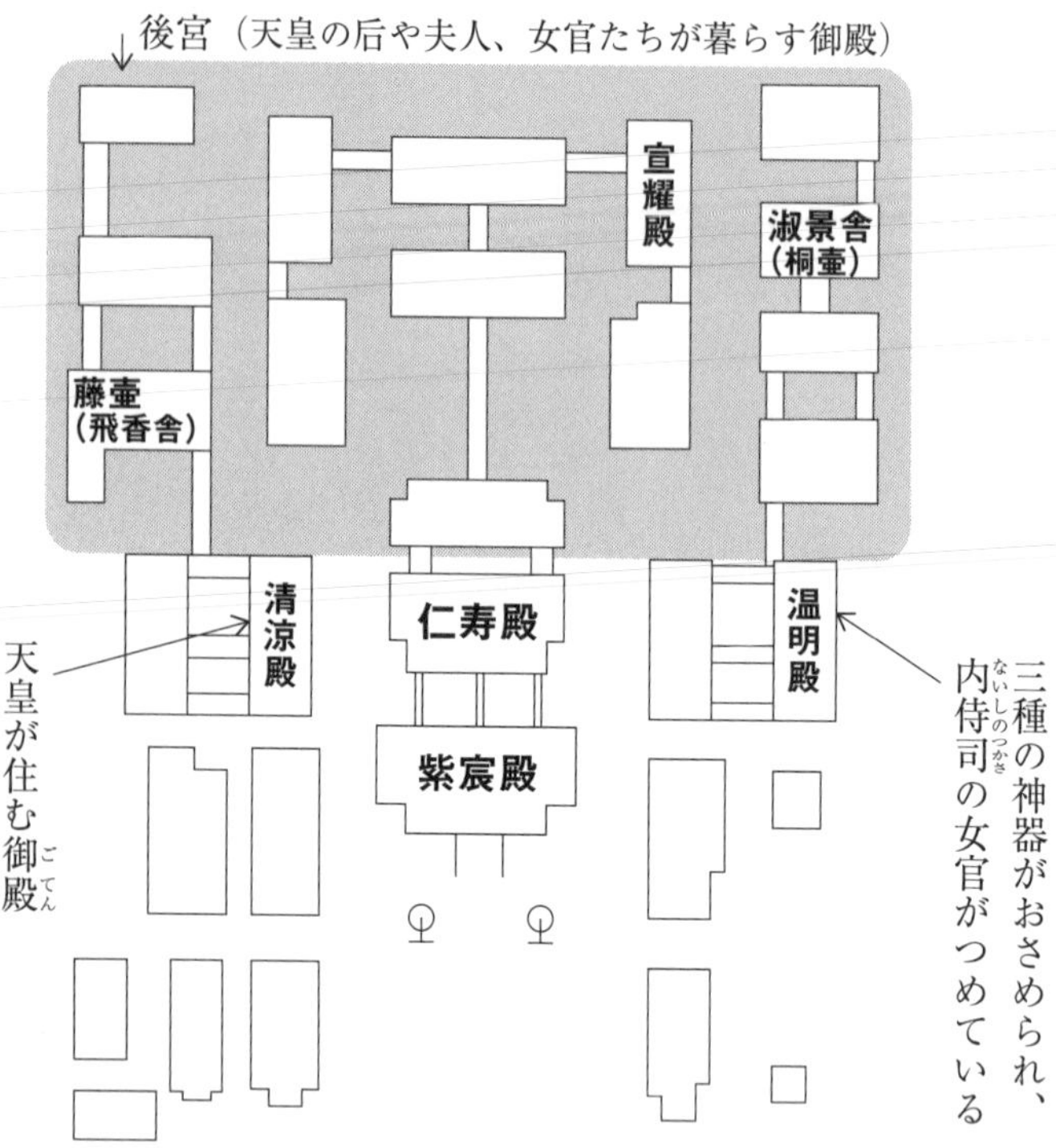
後宮（天皇の后や夫人、女官たちが暮らす御殿）
藤壷（飛香舎）
宣耀殿
淑景舎（桐壷）
清涼殿
仁寿殿
温明殿
紫宸殿
天皇が住む御殿《ごてん》
三種の神器がおさめられ、内侍司《ないしのつかさ》の女官がつめている

平安時代の階級について

〈後宮―皇妃、女官などの女性社会〉

- 皇太后《こうたいごう》（先帝の后）
- 皇后《こうごう》・中宮《ちゅうぐう》（どちらも帝の后で対等）
- 女御《にょうご》
- 更衣《こうい》

女房《にょうぼう》はこれら身分の高い女性に仕え、身のまわりの世話をする

〈太政官―国政の最高機関〉

- 太政大臣《だいじょうだいじん》（通常は欠員）
- 左大臣（事実上の最高官位）
- 右大臣
- 内大臣
- 大納言《だいなごん》（４名）
- 中納言
- 参議《さんぎ》

参議以下は、少納言↓左右大弁↓左右中弁↓左右少弁↓大外記↓小外記↓左右大史↓左右少史。そして、太政官の管理下に中務省、式部省、大蔵省、宮内省などの八つの省、さらにその下にはそれぞれの省が管轄する組織等が続く。

左大臣の藤原道長は、実質の最高権力を手にし、その子供たちの将来も約束されているようなもの。その中でも、正妻が産んだ子供たちは特に優遇されていた。

この物語に登場する藤原頼通は、正妻の子で、まさに道長の後継者。役職は上から6番目の権中納言（「権」は定員を超えて任命される場合につく）。一方の今光君・頼宗は、警護を担当する「右近衛府」の中での上から二番目の位、右近衛中将。将来はこれからとはいえ、頼通に比べれば、位としては下となる。

紫式部の娘。賢子がまいる!

始まりの章

「皇太后《こうたいごう》さまの御所《ごしょ》へ上がったら――」

世に名高い『源氏物語《げんじものがたり》』の作者紫式部《むらさきしきぶ》は、十四歳《さい》の娘賢子《むすめかたこ》に重々しい口ぶりで言った。

「他人《ひと》さまから、非難されないようにふるまうのですよ。くれぐれも、この母の名を汚《けが》すことのないように――」

「そのご注意、もう十回は聞きました！」

賢子は頰《ほお》をふくらませて言い返した。

「そんなことはありません。これで、七回目のはずです」

母は生真面目な顔つきで、賢子のあやまちを訂正《ていせい》する。

（これだから、お母さまは堅苦《かたくる》しくていやになる……）

賢子は母ににらまれるのもかまわず、大げさにため息を吐《つ》いた。

藤原宣孝《ふじわらののぶたか》と紫式部の娘――賢子はこの秋、皇太后彰子《あきこ》の御所で宮仕《みやづか》えすることが決まっている。この話を聞いた御所の人々は、

「あら、それでは母娘《おやこ》ともども、皇太后さまにお仕えするのね」

と、言い合った。母の紫式部はこれまで皇太后にお仕えしていたのである。

身分の高い人にお仕えする女性を「女房《にょうぼう》」と言うが、母と娘が一緒《いっしょ》に同じ主人にお仕えするのはめずらしい。

きっと、賢子は御所で注目の的《まと》になるだろう。

その時のことを思うと、賢子は鼻高々な気分になる。

しかし、残念なことに、この「母娘女房」には先輩《せんぱい》がいた。

歌人として名高い和泉式部《いずみしきぶ》とその娘の小式部《こしきぶ》である。和泉式部といえば、恋《こい》多き女としても有名で、情熱的なすばらしい恋の歌をいくつも作っていた。

小式部もまた、この母親の才能を受け継《つ》いで、和歌が上手らしい。今年で十四歳、賢子と同い年だった。

「どちらの娘が勝《まさ》っているか、見るのが楽しみですこと」

賢子が御所に上がる前から、女房たちはさかんに噂《うわさ》し合っているらしい。

紫式部が賢子に口うるさく注意するのも、そのためだった。

「世の中に、人の噂ほど恐《おそ》ろしいものはないのですからね。誰《だれ》だって、人をほめるよりけなしたいものなのよ」

さすがに物語を書くだけあって、母は人の心の裏をつかんでいる。そういう言葉にはなるほどなと、賢子も思うのだが、なかなか母の言葉をすなおに聞くことができなかった。

「小式部は賢《かしこ》い娘《むすめ》だけれど、落ち着きがなくて浮《う》わついている。皆《みな》、そう言っていましたよ」

そんなことまで、母は賢子の耳に入れる。

「私はしばらくの間、御所《ごしょ》にはうかがわないけれど、困った時は、宰相君《さいしょうのきみ》か小少将君《こしょうしょうのきみ》に相談しなさい」

二人とも、母と仲がよい女房《にょうぼう》仲間であった。

「そんなに私が心配なら、お母さまが私と一緒《いっしょ》に、皇太后《こうたいごう》さまの御所へ上がってくだされればよいのに……」

賢子は唇《くちびる》をとがらせて言い返した。

慣れない娘が御所で失敗したり、悪い評判を立てられたりするのが心配なら、自分が一緒についてきて、目を光らせていればよいのである。

(それなのに、お母さまは私を守ってくれないんだわ)

小式部は母の和泉式部に付き添《そ》われて、一緒に宮仕《みやづか》えしているというのに――。

賢子は先ほどよりももっと頬《ほお》をふくらませた。

賢子が幼い頃《ころ》、宮仕えに出てしまった母は、娘のためにほとんど何もしてくれなかった。

漢文や和歌、琴《こと》や琵琶《びわ》に至るまで、いわゆる貴族の教養のほとんどを教えてくれたのは、母方の祖父、藤原為時《ためとき》である。その祖父も昨年、越後守《えちごのかみ》となって都を去ってしまった。

「たった一人で、都に残されて、かわいそうに……」

祖父は賢子の頭をなでて泣いてくれた。賢子の顔を見れば、「かわいそうに……」と言うのが、この祖父の口癖《くちぐせ》だった。

物心もつかぬうちに父親を亡《な》くし、母親は宮仕えに出て、ずっと留守がち――。そんな賢子を哀《あわ》れに思ってくれたのだろう。

だから、賢子は祖父が大好きだった。しかし、

「お前を、越後に連れて行きたいが……」

と言われた時は、背筋にぞっと寒気が走った。

「賢子は、私が手許《てもと》に置いて育てますので」

母がきっぱりとそう言い返したと聞いて、どんなにほっとしたことか。

(田舎《いなか》なんて、まっぴらごめんよ)

賢子はそう思っている。

(私は、光君《ひかるきみ》みたいな身分の高い若さまたちと、物語のような恋《こい》をするんだから――)

花の青春時代がすぐそこに迫《せま》っている今、越後くんだりまで行って、いったい、どんな貴公子にめぐり合えるというのか。

都にいられなくなり、須磨《すま》の田舎《いなか》へ流れていった光源氏《ひかるげんじ》（『源氏物語』の主人公、光君ともいう）が、その近くに暮らしていた明石《あかし》の君《きみ》を妻にしたという例《ためし》もあるけれど、あれは物語の中のお話だ。

（それよりも、私は御所《ごしょ》に上がって、身分の高い若さまのお目に止まるの！）

光源氏が愛した紫《むらさき》の上《うえ》のような絶世の美女ではないが、賢子だって、そんなに見苦しくはないはずだ。

今、流行《はやり》の切れ長の一重瞼《ひとえまぶた》でなく、二重の少々大きすぎる目が難点だが、伏目《ふしめ》がちにしていれば、そんなに目立つほどではない。

肌《はだ》の色がすきとおるほど白いわけでもないけれど、これは母に似たせいだ。笑うと左頰《ほお》にだけできるえくぼがかわいいと、祖父為時《ためとき》はよく言ってくれた。

邸《やしき》に来る客人たちが、祖父のように「かわいい子」とは言わず、「愛嬌《あいきょう》のある子」だと言っていたのが、少々気になるところだが、まあ、気にしていても始まらない。

光源氏だって、絶世の美女ばかりを恋人《こいびと》に選んだわけではない。ちょっとかわいいくらいの娘《むすめ》にも、恋の言葉をささやいているではないか。

（だから、私だって――）

と、賢子の夢は大きくふくらむ。その一方で、

（私は、夢を見るしか能のない、頭の悪い子じゃない）

と、賢子は自分のことを考えていた。

身分の高い貴公子たちが、「中の品《なかのしな》」と呼ばれる中流階級の娘たちを、どう扱《あつか》うか、ちゃんと知っているのだから――。

彼《かれ》らは、正式な妻には、風にも当たったことのないような上流の姫君《ひめぎみ》を選びたがる。そして、ちょっとした遊び相手は「中の品」――つまり、中流出身の女房《にょうぼう》たちの中から選ぶのだ。

賢子も御所の女房になれば、貴公子たちから、そういう「手軽に遊べる娘」として見られることになるだろう。

（それでも、つまらない男を婿《むこ》に取ったり、田舎に引っこんだりするより、はるかにまし）

――なのであった。

（それに、もしかしたら、私を妻の一人に――と考えてくださる真面目な若さまが、いらっしゃるかもしれないし……）

と、賢子の頭の中は、再び薄紅色《うすべにいろ》をした夢に染まってゆく。

だが、それも、宮仕《みやづか》えしなければ手に入らぬ未来であった。

だから、賢子は母から宮仕えの話を持ち出されるのを、ずっと待ち望んでいたのである。

それなのに、祖父為時は賢子の宮仕えには反対だった。忙《いそが》しい宮仕え生活を送り、たまに宿下がりしてもため息ばかり吐《つ》いている娘の紫式部を見ては、

「お前は母上のようになってはいけない。母上は夫に死なれたから、仕方なく宮仕《みやづか》えに出たのだ。お前は、末永く添《そ》い遂《と》げられる婿君《むこぎみ》を見つけなさい」

などと言う。

だが、賢子は内心では、

（私は、お母さまとは違《ちが》う！）

と、思っていた。

母ははっきり言って、性格が暗い。

人見知りもするし、人付き合いも苦手、気の合う仲間以外とはあまり親しくしない母にとって、宮仕えは確かに苦痛であろう。

だが、賢子の性格は、母とは正反対だった。人からよく言われるように、おそらく賢子は亡《な》き父に似たのだ。

顔も知らない父藤原宣孝《のぶたか》は派手好きで、人をあっと驚かせたり、世間から注目されたりするのが、大好きな性格だったらしい。賢子はそんな父に親しみを覚える。

（私だって、派手で目立つ格好をしたいし、人から注目されたいわ）

だが、母は悪い評判になるのはもってのほかだが、よい評判を立てられることさえ嫌《きら》う。

母が賢子と一緒《いっしょ》に御所《ごしょ》へ上がらないのも、体調が悪いだの何のと理由をつけてはいるが、つまるところ、母娘《おやこ》二人で御所へ上がり、目立ってしまうのがいやだからだ。

和泉式部母娘《おやこ》と比べられるのも、耐《た》えられないのだろう。

(人と比べられるのが何よ)

賢子は、母の気の小ささを、内心ではせせら笑っている。

(自分が勝てばいいだけのことじゃないの)

大体、母が和泉式部に負けるはずがない。

確かに、和歌の才能だけを見れば、あちらが勝《まさ》っているかもしれないが、『源氏物語』のような大作を、母以外のいったい誰《だれ》が書けるというのか。

(どう見たって、お母さまの方が勝っているのに……)

勝てる勝負でも、まともに受けて立つよりは、勝負から逃《に》げる方を採《と》るのが、母という女だった。

(私だって、小式部ごときに負けるものですか!)

賢子はそう思うが、宮仕《みやづか》えを始める早さだけは負けてしまった。

(後《おく》れを取った……)

と、賢子はくやしい。それもこれも、母のせいだ。

優柔不断《ゆうじゅうふだん》な母が、賢子の宮仕えを渋《しぶ》っていたために、出遅れてしまったではないか。

同じような女文学者の娘《むすめ》に生まれ、同い年、同じくらいの身分の娘が、先に皇太后御所《こうたいごうごしょ》の女房《にょうぼう》として名を上げてしまったことが、賢子にはくやしくてならなかった。

そんな賢子の内心に、気づいているのかいないのか、

「とにかく目立たぬようにしていなさい。できれば、口もあまり開かぬように――」

賢子の初出仕《はつしゅっし》（初めて御所へ上がること）の前日まで、母の紫式部はくどくどとくり返していた。

第一章　初めての恋

一

いよいよ、賢子《かたこ》が初めて皇太后《こうたいごう》の御所《ごしょ》へ上がる日がやって来た。

その日はしきたりどおり、夜になってからひっそりと御所へ入る。そして、自分の部屋へ案内されるとすぐに、賢子は主人である皇太后彰子《あきこ》から呼び出された。

この時は、正式な十二単《じゅうにひとえ》を身に着けねばならない。一番上には、唐衣《からぎぬ》という華《はな》やかな紅《くれない》の衣を着け、腰《こし》から下には裳《も》という白い布でできた飾《かざ》りを着ける。この裳を後ろに長く引きずるようにして、賢子はしずしずと廊下《ろうか》を進んだ。

何枚も重ね着した衣は重く、歩くのも一苦労であったが、そんなことは少しも気にならない。誰《だれ》もが自分の姿に注目しているだろう。こんな晴れがましい気持ちになったのは生まれて初めてだった。

「まあまあ。皇太后さまが御所に上がったばかりの女房《にょうぼう》に、じきじきにお会いくださるなんて、めったにないことよ」

「やっぱり、親の七光りかしらね」

「ごらんなさいよ。あの得意げな顔ったら。まるで自分も、母上のような大作が書けると言わんばかりの顔つきじゃない」

聞こえよがしの嫌《いや》みな声は、聞き耳を立てていなくても、自然に耳に入ってくる。

（それが何よ。私はお母さまにだって負けやしないわ）

賢子は先輩の女房たちに、にっこりと微笑《ほほえ》んでみせた。

これくらいのことは十分に想像していた。御所というところは新人にはひどく冷たく、新しく入った女房は必ずいじめられると聞く。

母の紫式部《むらさきしきぶ》ならば、人はこういうことをきっかけに、世の中の厳しさを学ぶのであり、これも試練なのだ――などと言い出しそうなところだ。

だが、賢子は違《ちが》う。

こんなことは、誰《だれ》でも経験する当たり前のこと――と思うことができる。それも、これまで読んだ物語や書物の受け売りだが、十分に想像はついた。

いじめられたら、頭を働かせて切り抜《ぬ》ける方法を探せばいい。世の中の厳しさだの、試練だのと騒《さわ》ぐのは大げさというものだ。

確かに、物語の中には、誰《だれ》かが助け出してくれるのをひたすら待つ、か弱い姫君《ひめぎみ》が登場する。

だが、賢子はただ、何かを——たとえば、自分を救い出してくれる身分の高い貴公子を、待っているだけの女にはなりたくない。

（私は、欲しいものは自分で手に入れる）

賢子は怖気《おじけ》づいた様子もなく、ましてやうつむいたりすることもなく、皇太后彰子《こうたいごうあきこ》のもとへ進んだ。さすがに、彰子の前では、やや目立つ大きな目を伏《ふ》せてはいたが……。

「故藤原宣孝《ふじわらののぶたか》の娘《むすめ》、賢子にございます。ふつつかではございますが、皇太后さまの御《おん》ため、誠心誠意お仕《つか》えしとう存じます」

賢子は伏し目がちのまま、挨拶《あいさつ》した。

「そなたの母より、そなたのことは聞いている。一日でも早く御所《ごしょ》に慣れて、立派に務めを果たしなさい」

彰子からの返事があった。続いて、彰子は傍《かたわ》らにいるお付きの女房《にょうぼう》に、

「この者の呼び名は決まっているのか」

と、尋《たず》ねた。

「いいえ、まだ決まっておりません。皇太后さまがお決めくださいますように」

お付きの女房は恭《うやうや》しく答えた。

御所では、実名で呼ばれることはなく、女房としての呼び名がつけられる習慣である。

「ならば、そなたの祖父が越後守《えちごのかみ》になったばかりゆえ、それを採《と》って越後弁《えちごのべん》と名乗るがよかろう」

彰子はただちに、賢子の呼び名を決めてくれた。

「ありがとうございます」

もう一度、手をついて深く頭を下げてから、賢子はゆっくりと顔を上げた。その時、ひそかに彰子の姿を盗《ぬす》み見た。

(まあ、何て、かわいらしいお方なの――)

賢子はひそかに胸の中で呟《つぶや》き、急いで目を伏せた。

(皇太后さまというから、どんなに堅苦《かたくる》しい感じのお方かと、思っていたけれど……)

彰子はまだ十分に若々しく、瑞々《みずみず》しい女性であった。

今年で二十五歳になるはずだ。夫の一条《いちじょう》天皇との間に、皇子《みこ》がお二人いらっしゃる。

お気の毒なことに、一条天皇はすでにお亡《な》くなりになっていた。

(こんなに若くてお美しいのに、もう夫を亡くされているなんて……)

その彰子の境遇《きょうぐう》を思うと、賢子は胸がしめつけられるような心地がした。

(でも、皇太后さまは確か、私と同い年の敦康《あつやす》さまを、母代わりとなってお世話していたのよね)

賢子は彰子《あきこ》の過去を、ひそかに思いめぐらした。

賢子がお仕《つか》えすることになった皇太后《こうたいごう》彰子の境遇《きょうぐう》は、なかなか波瀾万丈《はらんばんじょう》であった。

現在、左大臣《さだいじん》として政治を取り仕切る藤原道長《みちなが》の娘《むすめ》と生まれ、幼い頃《ころ》から、お后《きさき》となるべく育てられていたという。そして、十二歳《さい》の時、めでたく一条天皇のおそばへ上がった。

だが、当時の一条天皇には、すでに深く愛しておられる女君《おんなぎみ》がいた。

皇后定子《さだこ》というお方である。あの『枕草子《まくらのそうし》』を書いた清少納言《せいしょうなごん》がお仕えしていたのは有名な話だ。

また、天皇と定子の間には、敦康親王《あつやすしんのう》という皇子《みこ》もお生まれになっておられた。そこへ新たな后として入ってゆくのは、彰子にとってもつらいことだったのではないか。

ところが、翌年、定子は亡《な》くなってしまう。忘れ形見の敦康親王は、わずか二歳――。

ここで、道長の思惑《おもわく》が関わってくる。

道長が権力を握《にぎ》るためには、彰子が皇子を産んで、その子を天皇にする必要があった。

だが、この先、彰子が皇子を産まないこともあり得る。その場合の保険として、道長は彰子に敦康親王を引き取らせ、自分の持《も》ち駒《ごま》にしようと考えたのだ。

もちろん、彰子に皇子が生まれてしまえば、敦康は用済みである。

実際に数年後、彰子自身が二人の皇子を産むと、道長は敦康への態度をがらりと変えた。

だが、母代わりとなった彰子は、その後もずっと、敦康を我《わ》が子のようにかわいがり続けたのである。

当時、一条天皇の後継者は、すでに従兄《いとこ》の宮と決まっていた。その方が、今の世をお治《おさ》めになっておられる三条《さんじょう》天皇である。

だが、その次の後継者には敦康親王を――と、一条天皇は真剣に考えておられたらしい。

ところが、道長は頑《がん》として聞き入れなかった。ついに一条天皇も折れ、死の直前になって、道長の孫である敦成《あつひら》親王を後継者の東宮《とうぐう》に定めた。

これで、彰子は次の天皇の母となることが決まったのである。

しかし、死の床《とこ》にある夫を悩ませ、育ての子である敦康をないがしろにした父道長の強引さに、彰子は不服をあらわした――という話も、まことしやかにささやかれていた。

(ふつうなら、ご自分の産んだお子を、王座に就《つ》けたいとお思いになるところでしょうに……)

一瞬《いっしゅん》だけ盗《ぬす》み見た彰子の顔を思い浮《う》かべながら、賢子はひそかに考える。

(血のつながりがない敦康さまを応援《おうえん》なさるなんて、思いやり深いお方なのだわ)

しかも、彰子が敦康の母代わりとなった時は、まだ十代の半ばであった。

(今の私と変わらぬお齢《とし》で、もう母親代わりをしていたなんて……)

賢子にはとても考えられない。

（こんなにすばらしいお方にお仕《つか》えできるなんて、私は幸せだわ）

一目見ただけで、賢子は彰子《あきこ》の凛《りん》とした美しさと、にじみ出る気品にすっかり魅《み》せられてしまった。

御所《ごしょ》の雰囲気は主人によって決まる。皇太后《こうたいごう》の御所が華《はな》やかで若々しく、それでいて品のある雰囲気に彩《いろど》られているのは、彰子のおかげであった。こうした御所であれば、若い貴公子たちも集まってきやすいだろう。

彰子には、母が同じ弟たちや、腹違《はらちが》いの弟たちが何人もいた。賢子がそのような貴公子たちと、知り合いになれる機会もきっと訪れるに違いない。

（まあ、皇太后さまの弟君とまで、高望みはしないけれど……）

彰子の弟たちが、友人を連れてこの御所を訪ねてくることもあるだろう。その中にきっと、賢子の運命の人がいるのだ。

（そうしたら、私はその方と恋《こい》に落ちて……）

賢子がうっとりとした気分にひたっていると、

「越後弁《えちごのべん》よ」

突然、彰子の声が頭上から降ってきた。一瞬《いっしゅん》、自分が呼ばれたのだと気づかなかったが、すぐに我に返って、

「はい」

と、しっかり返事をする。自分の夢の思いにひたっていたので、それまでの話を聞いていなかったが、自信のなさそうな態度を見せるわけにはいかなかった。

「小式部《こしきぶ》よ、前に出なさい」

続けて、彰子は言った。

いったい、どういった話の成り行きだったのか、彰子は賢子と小式部を引き合わせようというつもりらしい。

賢子はたちまち不愉快《ふゆかい》になった。せっかくよい夢を見ていたというのに、台無しである。

舌足らずの少女のような、甘《あま》ったるい声が横から聞こえてきた。

「小式部にございます」

そちらを見ると、自分よりも数段垢抜《あかぬ》けた様子の可憐《かれん》な美少女が、ちゃっかり賢子の横に座っている。

小式部は賢子に向かって、にっこりと微笑《ほほえ》んでみせた。

（これが、あの……）

勝てる――と思っていたのは、世間知らずの小娘《こむすめ》のとんだ思い上がりに過ぎなかった。

すべてにおいて負けている。

洗練《せんれん》されたたたずまい、御所の暮らしに慣れた余裕《よゆう》の態度、それに――。

（ああ……）

どうやっても、勝てないのは顔のつくりだった。

小式部は美人なのだ。それも、幼い頃《ころ》からかわいい、かわいいと言われ続け、そのまま美しい娘《むすめ》になったという、正道《せいどう》を行く美女なのだった。

（お祖父《じい》さまは私のことを、かわいいと言ってくださった）

うつむいて唇《くちびる》を噛《か》みしめてみるが、賢子をかわいいと言ってくれた殿方《とのがた》は、後にも先にも越後《えちご》にいる祖父だけなのだった。恋《こい》を語り合うような同年代の殿方から、かわいいと言ってもらった経験など、一度もない。

だが、この小生意気そうな娘は、おそらく同年代の貴公子たちから、飽《あ》きるほど「かわいい」「美しい」と言われ続けてきたに違《ちが》いないのである。

「初めまして、越後弁《えちごのべん》さま。私たちは齢《とし》も同じということですから、どうぞ仲良くしてくださいませ」

賢子がひたすら敗北感に打ちひしがれて黙《だま》っていると、小式部が相変わらずの舌足らずなしゃべり方で挨拶《あいさつ》した。

（ああ、いまいましい。きっと殿方の気を引くために、わざとこんなしゃべり方をしているんだわ）

一度、気に入らないと思い始めてしまうと、小式部の何もかもが気に入らなくなる。

（この子とは、絶対仲良くしないっ！）

賢子の心は決まった。

そう心が決まると、このままうつむいていてよいものか――という負けん気がむくむくとこみ上げてきた。賢子は唇《くちびる》を噛《か》みしめるのをやめ、口もとをゆるませてから、ゆっくりと顔を上げた。

「こちらこそ、よろしくお願いいたしますわ。小式部さま」

賢子は片頰《かたほお》にえくぼを浮《う》かべ、とびきりの笑顔を向けてみせた。

だが、目まで笑ってみせることはできない。よほど恐《おそ》ろしい目つきをしていたのか、小式部ははっとしたようにうつむいてしまった。

（臆病《おくびょう》な子ね。あなたなんかに負けたりしない）

と、言っても、顔のつくりだけはどうしようもない。

小式部とて、絶世の美女というわけではないのだが、少し垂れ目がちの目もとと、ぽっちゃりした小さな鼻、ちょっとつぼめたような口もと――その一つ一つがどれも愛らしさを漂《ただよ》わせている。

（もしかしたら、この小式部にはもう決まった恋人《こいびと》がいるのかもしれない）

そうなると、その点でも、小式部に先を越されたことになる。

（こうなったら、この子の恋人より、身分も見栄えもよい殿方《とのがた》を恋人にするしかないわ）

賢子の目標は、はっきりと決まった。

二

宮仕《みやづか》えに出た女房《にょうぼう》というものは、たいてい数日で御所暮《ごしょぐ》らしが嫌《いや》になり、誰《だれ》でも一度は実家に帰りたいと思うものらしい。

だが、賢子《かたこ》は五日経《た》とうが、十日経とうが、帰りたいなどと一度も思わなかった。

一言の弱音も吐《は》かない賢子と、同室になった小馬《こま》という女房は、

「あなた、若いのにすごいわね。こんなに根性のある人は初めてよ」

と、賢子をめずらしがっている。

小馬は賢子より五つばかり年上なのだが、この御所では中堅《ちゅうけん》の女房といった扱《あつか》いで、新人の世話係のような立場にあり、賢子のこともよく面倒を見てくれる。

世話好きな性格で、賢子にも親切だった。だが、

(人がいいだけの凡人《ぼんじん》ね)

賢子は小馬をそう見抜いて、内心では小馬鹿《こばか》にしていた。

女の中には、親切そうなふりをしているが、実はひそかに棘《とげ》を隠《かく》しているという、陰険《いんけん》

な者がいる。だが、この小馬は安全そうだ。

幼くして父を亡《な》くし、母を宮仕《みやづか》えに取られた賢子は、乳母《めのと》や女房《にょうぼう》たちといった他人の中で育ったせいか、人の本性《ほんしょう》を見抜《みぬ》く力が備わっていた。

「皆《みな》さま、ふつうはどうなのですか」

賢子は無邪気《むじゃき》を装って尋《たず》ねた。

「早い人は一日、遅《おそ》くとも十日のうちには、実家に帰りたいと必ず言い出すものよ」

「そうですか」

「あなたのお母上だって、そうだったんじゃないの？」

小馬は興味本位の目を向けてくる。

「ええ。母は宮仕えに出て数日で実家に帰った挙句《あげく》、皇太后《こうたいごう》さまからお声がかかるまで、数ヶ月もの間、引きこもっていたそうですわ」

幼い頃《ころ》のことなので、しっかりとは覚えていなかったが、その話は母自身からも祖父からも聞いたことがあった。

「まあ、そこまでひどい症状《しょうじょう》の人はあまりいないけれど……。ふつうなら、それで宮仕えのお話も解消よ。でも、あなたのお母上は特別だから、そうならなかったんでしょうね」

「ええ。母は特別扱《あつか》いを受けていたのだと思います」

そのことで、母がやっかまれ、居《い》たたまれなくなったというのは、容易に想像がつく。

そして、紫式部《むらさきしきぶ》の娘《むすめ》というだけで、特別扱いをされている賢子が今は、その標的になっているということも――。

(でも、私はお母さまとは違《ちが》う)

そんな小さなやっかみなどにへこたれて、この御所《ごしょ》から逃げ出したりするものか。

「それにしても、あなたはお母上以上の大物かもしれないわ。本当は、嫌《いや》がらせの一つや二つ、あったのではなくて？　いくらあなたが紫式部さまの娘だからといって、新人の女房が誰《だれ》からもいじめられないなんて……」

納得がいかないというふうに、小馬は首をかしげてみせる。

「そのことを小馬さまに打ち明ければ、助けていただけるのですか」

「まあ、やっぱりあったのね。嫌がらせが――」

そうでなくてはならない、とでもいうようなうなずき方をしてから、

「もちろんよ。そういうことをするのは、あなたと同じくらいの若い女房たちに決まっているわ。日頃《ひごろ》、大人の方々から叱《しか》られている憂《う》さ晴《ば》らしをしているのね。私は彼女《かのじょ》たちより年長だもの。意見くらいしてやれるわよ」

と、小馬は親切そうに言った。

「そうしたら、その人たちが反省して、私に嫌がらせをしなくなるとでも――？」

賢子は底光りする目を、小馬の方へ向けた。

「そ、それは……」

小馬は賢子から目をそらしてしまった。

「小馬さまのご注意があれば、確かにいじめはいったんやむでしょう。でも、ほとぼりが冷めた頃《ころ》、もっと激しい嫌《いや》がらせになるか、あるいは、小馬さまの目の届かぬところで、陰湿《いんしつ》にいじめられるか、そのどちらかに決まっています」

賢子は決めつけるように言った。

聞きようによっては、生意気とも受け取られかねない賢子の言葉を、人のよい小馬はただ感心した様子で聞いている。

「あなた、大したもんねえ。根性があるだけじゃなくて、人を見る目もあるわ。さすがは、紫式部さまの娘《むすめ》ってとこかしらね」

小馬は嫌みのない口ぶりで言った。

賢子への嫌がらせはもちろんあった。

表着《うわぎ》の裾《すそ》を踏《ふ》んで転ばされる、部屋を留守にしている時に持ち物を隠《かく》される、琴《こと》の弦《げん》を切られる、大事な伝言を一人だけ教えてもらえない――などなど、数え上げたらきりはない。

だが、どれも小さなことだ。耐《た》えられぬほどのことではないし、耐えがたくなった時には、それに応じたやり方もある。

そんなことより、賢子の関心は別のところにあった。

「ところで、小馬さま」

賢子は小馬の親切心に付け入るように、そっと膝《ひざ》を進めて、上目づかいに小馬を見上げた。

「私、お尋《たず》ねしたいことがございますの」

「まあ、なあに。あなたが私を頼《たよ》ってくれるなんて、めずらしいこと」

「あの、初めて御所《ごしょ》へ上がった日に紹介《しょうかい》された、小式部殿《こしきぶどの》のことなのですが……」

「ああ、和泉式部《いずみしきぶ》さまの娘の……」

「ええ。皇太后《こうたいごう》さまは小式部殿と仲良くするように――というつもりで、引き合わせてくださったのだと思います。けれど、あの方、最近、お姿が見えぬようですが……」

「あの子なら、実家に帰っているのかもしれないわ。あの子はよくそうするから……」

「まあ、それが許されているのですか」

という賢子の問いかけに、小馬は軽いため息を吐《つ》いた。

「あまり褒《ほ》められたことではないけれど、あの子も特別扱《あつか》いなのよ。何といっても、和泉式部さまの娘ですし……。それに、体があまり丈夫《じょうぶ》ではないの。皇太后さまもそのことを気にかけて、好きにさせているらしいのだけれど……」

「けれど……何でございますか」

小馬の言葉尻《ことばじり》をすかさずとらえて、賢子は急《せ》かした。

「実は、体が弱いのは口実で、本当は知られたら都合の悪いことを、実家でしているという話もあるの」

「知られたら都合の悪いことって、何ですか」

小式部の弱みを握《にぎ》れるかもしれない――思わず頬《ほお》のあたりがゆるみそうになる。

「殿方《とのがた》とのことよ」

秘密めいた口調ではあるが、まるでそれを話したくてたまらなかったとでもいうように、小馬は打ち明けた。

「御所《ごしょ》で殿方と逢《あ》うのがいけないわけじゃないけれど、人目につくでしょう？　だから、小式部は実家で恋人《こいびと》と逢っているらしいのよ」

「何だ、そんなことですか」

つい漏《も》らしてしまった賢子の呟《つぶや》きを聞きとがめて、

「何ですって」

と、小馬が不審《ふしん》な目を向けてくる。

「いえ。では、小式部殿の恋人が誰《だれ》か、小馬さまはご存じでいらっしゃるのですか」

賢子はあわてて話題をそらして尋《たず》ねた。その時、小馬の表情がかすかにこわばった。

「い、いいえ。その、あの子は殿方との付き合いも多くて、しょっちゅう相手が変わるのよ。

だから、本当のところ、今、誰《だれ》と付き合っているのか、くわしいことまでは分からないわ」

小式部の男関係が多いのは事実のようだ。

「では、この御所《ごしょ》に出入りする殿方《とのがた》のことを、お聞かせ願えませんか。いえ、別に殿方に興味があるとかいうことではなくて、御所にとって大事な殿方のお名前くらい、知っておきたいんです」

「そういう心がまえは感心だわ」

小馬は大きくうなずくと、持ち前の親切心を発揮《はっき》してしゃべり始めた。

「よくお見えになるのは、皇太后《こうたいごう》さまの弟君たちよ。お母上が同じ弟君と、そうでない方がいらっしゃるけれど……。お母上が同じ弟君は、権中納言頼通《ごんのちゅうなごんよりみち》さまと左近衛中将教通《さこのえのちゅうじょうのりみち》さま。このお二人は早くにお顔を覚えた方がいいわ」

頼通は二十一歳《さい》、教通は十七歳だという。

（まあ、まだ二十一歳で、権中納言さまだなんて！）

賢子の頭の中で、頼通という男の像がきらきらと輝《かがや》き始めた。もちろん、まだ顔も知らないので、勝手に想像した頼通の像は光源氏《ひかるげんじ》のように美しい姿をしている。

朝廷《ちょうてい》で最も高い地位といえば、左大臣《さだいじん》である。これは、彰子や頼通の父である藤原道長《みちなが》のものだ。

その次が、右大臣《うだいじん》、内大臣《ないだいじん》、大納言《だいなごん》で、それに続くのが中納言であった。

大臣は各一名ずつ、大納言は通常四人。それに次ぐ中納言は、上から数えて大体、八番目ということだ。

二十歳《はたち》そこそこで、その地位に就《つ》くことができるのは、道長の跡継《あとつ》ぎなればこそである。

頼通のことを思うと、賢子はわくわくした。

「お二人のお目に止まりたいなんて、思ってはだめよ」

賢子の昂奮《こうふん》に水を差すような調子で、小馬は続けた。

「そんなことは考えてもおりません」

急に興ざめして、賢子は憮然《ぶぜん》とした表情になる。

「頼通さまにはもう、身分の高い北《きた》の方《かた》（正妻）がおられるわ。とても大事にしていらっしゃって、他の女人《にょにん》には目をお向けにならないんですって。ここの女房《にょうぼう》たちもずいぶんと頼通さまにお熱だったけれど、誰《だれ》も相手にされなかったのよ」

残念そうなため息を最後に、小馬は口を閉ざした。

「では、教通さまはどうなのですか」

「お若いから、まだ北の方はおられないわ。でも、いずれ、名家《めいか》の姫君《ひめぎみ》を北の方に迎えられるのは決まったこと。あとで泣くのは、私たちのように中途半端《ちゅうとはんぱ》な身分の女なのよ」

小馬は分かったふうな口をきいた。

「皇太后さまと腹違《はらちが》いの弟君で、こちらへいらっしゃるのは、頼通さまより一歳年下の頼《より》宗さま。お役職は、右近衛中将でいらっしゃるわ。その下にも弟君たちがおられるけれど、まだお若いから……」

小馬の話を、賢子はもうほとんど聞いていなかった。

彰子《あきこ》と同じ母から生まれた――つまり、道長の正妻を母とする頼通《よりみち》、教通《のりみち》に比べ、腹違《はらちが》いの頼宗たちが一段、劣《おと》った扱《あつか》いを受けているのは、有名な話であった。

母親が正妻か、そうでないかは、出世にそのまま影響する。

それでも、道長の息子である頼宗は、同年代の若者たちよりだんぜん出世が速い。しかし、頼通の話を聞いてしまった後では、頼宗の話は輝《かがや》きを失っていた。

(私は、小式部に勝ちたいのよ)

おそらく、堅物《かたぶつ》らしい頼通が、小式部を恋人《こいびと》にしていることはないだろう。

つまり、小式部の恋人は、絶対に頼通より格下の男だ。

だったら、賢子が頼通を恋人にすることができれば、小式部に勝ったことになるではないか。

(もしも――もしもよ。頼通さまが私を見て、かわいいって思ってくださったら……)

何も美人だけが愛されるとは限らない。頼通の好みが、賢子のような娘《むすめ》ということだって、あり得ない話ではないのだ。

「ちょっと、越後弁殿《えちごのべんどの》。聞いているの?」

今度は小馬が憮然《ぶぜん》とした顔つきになって、賢子の袖《そで》を引いた。

「今度、頼通さまが参上なさった時は、私にも知らせてくださいね」

賢子は小馬に向かって、にっこりと無邪気《むじゃき》な笑顔を見せた。

三

賢子《かたこ》が御所《ごしょ》へ出仕《しゅっし》して、最初に目にした貴公子は弟の方の教通《のりみち》だった。十七歳《さい》と聞いているが、大柄《おおがら》で風格もあり、もう立派な大人の男に見える。でも、顔立ちにはまだ幼さが残っており、それが年配女房《にょうぼう》たちの心をくすぐるらしい。

（確かに、この方も悪くはないのだけれど……）

賢子は、まだ見ぬ頼通《よりみち》のことが気になっている。何といっても、道長の跡継《あとつ》ぎは兄の頼通の方なのだ。

（どうせ目指すのならば、最高のお方がいい）

賢子はまだ、頼通への希望が捨て切れなかった。

それに、教通の場合、小式部《こしきぶ》と無関係かどうか、はっきりしていない。その点、堅物《かたぶつ》の頼通ならば、小式部にだって目もくれないだろう。その堅物男を落としてこそ、女としての価値も上がるというものだ。

賢子は、頼通《よりみち》が御所《ごしょ》へ参上する日を、心待ちに待ち続けた。

そして、賢子が御所へ来てからひと月も経った、秋の終わりかけの一日――。

「大変よ、越後弁殿《えちごのべんどの》。今日は、頼通さまと頼宗《よりむね》さまがご一緒《いっしょ》に御所へ参上なさったんですって」

部屋で休んでいた賢子のもとへ、小馬《こま》が駆《か》けこんで知らせてくれた。その頰《ほお》が昂奮《こうふん》のあまり、ほの赤く染まっている。

「まあ、頼通さまが！」

賢子は思わず立ち上がっていた。

「頼宗さまもよ」

正確を期して、小馬が言い直した。

頼宗は、頼通より一つ年下の――ただし、母の違《ちが》う弟だった。賢子は初めからあまり興味がない。

「あなた、きっと驚《おどろ》くわ。今光君《いまひかるきみ》（現代の光源氏）を初めて見るのですからね」

「今光君ですって！　まあ、頼通さまはそんなにお美しい方なの？」

賢子の上ずった物言いに対して、小馬はきょとんとした顔つきをした。

「誰《だれ》が、頼通さまだって言ったのよ。頼宗さまよ。今光君と呼ばれているのは頼宗さま！」

小馬は頼宗にあこがれているのか、頼宗の名を口にする時は、心なしか、目が潤《うる》んでいる。

「へえ……。そうなんですか」

賢子は気のない返事をした。

もちろん、美しい男を恋人《こいびと》にした方がいいに決まっている。だが、右近衛中将《うこのえのちゅうじょう》の頼宗では、どうしたって権中納言《ごんのちゅうなごん》の頼通に数段、劣《おと》るではないか。

それに、今の小馬の反応からすれば、頼宗に目をつけている女房《にょうぼう》は相当多いのだろう。

（それよりは、やっぱり頼通さまだわ）

まずはその顔を見なくてはならない。それにはどうすればよいのかと、小馬に問うと、

「皇太后《こうたいごう》さまの御前《おまえ》に上がれば確実よ」

と言う。

「でも、呼ばれもしないのに、御前に上がったりしたら……」

「平気よ。皇太后さまの弟君たちが参上された時は、そういうところも大目に見られているの。若い女房たちが皆《みな》、お姿を見たいと言って騒《さわ》ぎ出すから……」

私たちも行きましょう——と、小馬が誘《さそ》ってくれたので、賢子は急いで仕度《したく》にかかった。

惜《お》しむらくは、立派な衣装を持っていないことだ。

賢子の家には、稼《かせ》ぎ頭《がしら》の父親がいなかったし、その上、祖父もしばらくの間、国守《くにのかみ》（一

国の長官）の仕事にありつけなかった。

裕福な父親を持つ娘《むすめ》たちは、相当に金のかかった仕度《したく》を調《ととの》えてもらって、御所《ごしょ》に上がってくる。

賢子も恥《は》ずかしいほどの身なりをしているわけではないが、決して人がうらやむほどの衣装を持っているわけではない。見栄えだけで、頼通《よりみち》の気を引くことは難しいだろう。

だが、それに代わるものも、すでに賢子は用意していた。

「早く行かないと、お二人が御前《おまえ》から下がってしまわれるわ」

さすがに、小馬はこういう時の仕度に慣れている。さっさと衣装も替《か》えて、化粧《けしょう》も直し、賢子をさかんに急《せ》かしてくる。

「ああ、もう、これでいいわ」

化粧直しが十分でないのが気になったが、それでも、頼通に帰られてしまっては元も子もない。賢子は早足の小馬について、彰子《あきこ》の御前に上がった。

といっても、押《お》しかけた女房《にょうぼう》たちの居場所は用意されていない。移動式の仕切りである几張《きちょう》の奥《おく》に隠《かく》れ、隙間《すきま》から目当ての殿方《とのがた》の姿を垣間見《かいまみ》（のぞき見）るのだ。

ところが、どうしたことだろう。几張の奥にはびっしりと女房連中が居座《いすわ》っており、ちょっとやそっとでは、几張と几張の隙間などに近付けるものではない。

「ちょっと、いつまでそこにいるつもり。順番があるんだから、もうどいてくださいな」

「何を言うの。私はまだ十分に拝見《はいけん》していないわ」

早くも、みにくい言い争いさえ始まっている。

「それにしても、今光君《いまひかるきみ》さま。なんてお美しいんでしょう」

「見るたびに光り輝《かがや》いてゆかれるようね。まさに、あの方こそ当代の光君さま」

「女性関係も多くていらっしゃるのが妬《や》けるけれど、でも、光君ならそうでなければねえ」

女房たちのおしゃべりも耳に入ってきたが、そのいずれもが今光君と呼ばれる頼宗《よりむね》のことのようだ。

（どうして、誰《だれ》も頼通さまのことを口にしないの？　本当に、頼通さまはお越しになっているのかしら）

賢子は不思議に思いはしたが、その位置からでは頼通と頼宗の姿を垣間見るどころではない。周りの女房たちのおしゃべりがうるさくて、彰子と言葉を交わしているらしい二人の声も聞こえてはこなかった。

「今日はあきらめるしかないようね」

小馬がいらいらした口調で言った。

「あなたがいけないのよ。仕度に手間取っているから……」

めずらしく、小馬が声高《こわだか》に賢子を責め立ててくる。ふだんの賢子ならば言い返しているところだが、小馬の言うことは事実だった。

「ごめんなさい……」

　こういう時は謝るしかない。

「これで分かったでしょう。これからはもっとてきぱき行動するのよ。女房《にょうぼう》にとって、御《ご》所《しょ》暮らしは戦いの日々なんですからね」

　お人よしで気のいい小馬にしては、ものすごいことを言い出した。

　そうこうするうちに、頼通《よりみち》たちも彰子《あきこ》への挨拶《あいさつ》が終わったらしく、立ち上がるような衣《きぬ》擦《ず》れの音がした。

　もっとも、賢子の耳に、それは届かない。代わりに聞いたのは、垣間見《かいまみ》をしていた女たちが漏《も》らした、深く大きなため息の嵐《あらし》であった。

　彰子への挨拶が終われば、二人の貴公子たちは気ままに行動する。そのまま帰ってしまうこともあろうし、親しい女房を話し相手に、時を過ごすこともある。

　どこかうきうきした表情をしている者は、頼通か頼宗《よりむね》と親しく言葉を交わしたことのある者なのだろう。

　そうでない者たちは、よほど運がよくない限り、声のかかることはない。御所に上がったばかりの賢子が、頼通から声をかけられることなど、あるはずがなかった。

（ああ、誰《だれ》かが頼通さまのお耳に、私の話を入れてくれれば……）

　紫式部《むらさきしきぶ》の娘《むすめ》である自分に、頼通が興味を持ってくれないとも限らないのに……。

だが、そういう親切心のある女房は、この中にはいないだろう。

もしかしたら、彰子が話題にしてくれるのではないかとさえ、賢子は期待したのだが、それも期待が大きすぎたようだ。

女房たちのため息がやんだので、几張《きちょう》の向こうの衣擦れの音がさやさやと賢子の耳にも聞こえてきた。

どうやら、一人が立ち上がって去ってゆくようだ。残る一人は、この場に残っているらしい。頼通がどちらなのか、賢子には分からなかったが、周囲の女房が動き出そうとしないことから、

(あの場に残られたのは、頼宗さまの方に違《ちが》いない)

と、即座《そくざ》に判断した。

とすれば、立ち上がったのが頼通なのだ。誰《だれ》もが頼宗に夢中なのか、頼通のもとへ近付いてゆきそうな者はいない。

(この機会をとらえなければ!)

賢子は心を決めた。女たちの心をこれほど鷲《わし》づかみにしている頼宗の美貌《びぼう》も見てみたいが、まずは頼通である。

「ちょっと失礼」

誰もが賢子になど注意を払《はら》わないその隙《すき》をついて、賢子は彰子の部屋から飛び出した。

頼通《よりみち》が出ていった方へ見当をつけて、小走りに廊下《ろうか》を駆《か》けてゆく。

（いらっしゃった！）

若い男の後ろ姿が目に飛びこんできた。

幸い――というような単純な言葉では片付けられない天の配剤《はいざい》で、男の周辺には人影《ひとかげ》がない。この時を逃《のが》してはならぬとばかり、賢子は男の背中を追った。

「あの、権中納言《ごんのちゅうなごん》さまでいらっしゃいますか」

必死の思いで声をかけた時には、走ってきたのが災いして、息切れがしてしまった。

「ええ。そうですが……」

男――頼通はゆっくりと振《ふ》り返った。

権中納言といえば、頼通しかいない。

目の前に、夢にまで見た貴公子がいる。あまりの幸運に、気の強い賢子でも思わずめまいを起こしそうになった。

「大丈夫《だいじょうぶ》ですか」

少しよろけかけた賢子の袖《そで》に、すかさず優《やさ》しい手が差し伸《の》べられた。

馴《な》れ馴れしすぎない態度で、頼通は賢子の腕《うで》を支えてくれる。

物語に出てくる男のように優しく、洗練された態度であった。

この時になって、ようやく賢子は頼通の姿をじっくりと見つめることができた。

頼通の格好は直衣《のうし》姿という、貴族の普段着《ふだんぎ》である。

宮中に参内《さんだい》する時は、束帯《そくたい》という正装か、宿直装束《とのいのしょうぞく》とも呼ばれる衣冠《いかん》でなければならないが、彰子《あきこ》の御所《ごしょ》へは略装《りゃくそう》で来たのだろう。

上着の直衣は紫苑襲《しおにかさね》といって、表が淡紫《うすきむらさき》、裏が青——すっきりとした上品な色使いである。

それに、濃《こ》い紫《むらさき》の指貫《さしぬき》（袴《はかま》・ズボンのようなもの）を穿《は》いて合わせていた。指貫は無地で、直衣には藤丸紋《ふじまるもん》が目立たぬ風情で織りこまれている。

（派手なものを嫌《きら》う、趣味《しゅみ》のよい方《かた》なのだわ）

頼通の格好《かっこう》を、賢子はそう見た。

評判どおり真面目《まじめ》で誠実そうな方だ。顔立ちは、確かに光君と呼ばれるほどの圧倒的な美貌《びぼう》ではないが、賢子の目には十分な好男子《こうだんし》に見えた。

何よりも気品がある。

穏《おだ》やかそうな眼差《まなざ》し、優しげな口もと、すっきりと通った鼻筋——そのいずれもが、選ばれた男のために用意されたもののようだ。すべてに恵《めぐ》まれた人間の持つ、傲慢《ごうまん》さの欠片《かけら》も見えない自信と誇《ほこ》り、余裕《よゆう》と優しさ——申し分のない男が目の前にはいた。

「突然、お声をおかけして申し訳ございませぬ。私はこの度《たび》、宮仕えに上がりました越後《えちごの》弁《べん》と申す女房《にょうぼう》にございます」

賢子は用意してきた言葉を口にした。

「ああ、あなたがそうでしたか」

意外にも、頼通《よりみち》は賢子のことを知っていたふうな口ぶりである。

「あの紫式部殿《どの》の娘御《むすめご》が御所《ごしょ》に上がるというので、会ってみたいものだと、前々から思っていたのです。紫式部殿とは親しくしていただきましたからね」

「そうでしたか……」

あの地味な母が、こんなに若くて美しい貴公子と親しくしていたとは、意外である。

「母君はお健《すこ》やかですか。最近、御所では見かけませんが……」

「ええ、少し体を悪くしましたので、実家で休養するそうです。でも、また御所には上がると思いますわ」

「それはよかった。この御所には紫式部殿が必要ですからね」

頼通は、心から安心したという笑顔を見せる。

「……」

だが、会話はそれで終わってしまった。

賢子に関心があるというようなことを言いながら、その実、関心があったのは母の紫式部の近況《きんきょう》だけだったようだ。

何となく賢子は気勢《きせい》をそがれたような、期待が裏切られたような心持ちになった。

「……あの、私、歌を作りましたの」

会話の接《つ》ぎ穂《ほ》を探す努力を見せない頼通に代わって、仕方なく、賢子の方から口を開いた。

「ほう、そうですか。私に聞かせていただけるのですか」

頼通は笑顔をほころばせて言う。その上品な笑顔を見れば、小さなわだかまりなど、たちまち消え失せてしまった。賢子はすっかり気をよくしてうなずいた。

今こそ、準備の成果を発揮《はっき》する時である。


はるかなる唐土《もろこし》までもゆくものは　秋の寝覚《ねざ》めの心なりけり

――はるかに遠い中国まで駆《か》けてゆく真剣な私の想い。秋の夜長《よなが》、目が覚めては、あなたのことばかり想い続けておりましたのよ。

「まだ見ぬ方を、お噂《うわさ》だけでお慕《した》いしておりましたので……」

最後の一言は、うつむいて呟《つぶや》くように言った。さすがに、恋《こい》の告白をするのは気恥《きは》ずかしいものであった。

「ほう、これは見事な……。その若さとも思えぬお歌ですね」

頼通は、賢子の予想以上に、ひどく感心してみせた。

無論、そうでなければ困る。

一晩中、眠《ねむ》りもしないでこしらえ上げた、なけなしの歌なのだ。だが、それなりの出来栄えになったと、賢子も自負している。

「さすがは、紫式部殿《どの》の娘御《むすめご》だ」

もう聞き慣《な》れ、半ば嫌気《いやけ》がさしてきているその言葉も、頼通《よりみち》の口を通せばうれしく聞こえる。

「あなたのおっしゃる『まだ見ぬ方』とは、唐土《もろこし》ほどにも遠い場所におられるのか。あなたをお育てになった祖父君は確か、遠い越後《えちご》におられるのでしたな。さぞや恋《こい》しいことでしょう。いや、『まだ見ぬ』とおっしゃるからには、亡《な》き父君を思っておられるのか。どちらにしても、心に沁《し》みるお歌ですよ」

「はあ……」

「いやいや、何もおっしゃるな。あなたの母君より、あなたの身の上のことはお聞きしているのです。母君は、父君を早くに亡くされたあなたの将来を、心から案じておられました。私にできることがあれば何でもおっしゃってください。できるならば、私を兄代わりとも思っていただきたいのです」

頼通は、賢子の両手を取りかねない熱心さで言う。口先だけの親切ではなさそうであった。

頼通は真剣《しんけん》に、本気で賢子の役に立ちたいと思っているのだ。それも、兄のような親切心でもって――。

「権中納言《ごんのちゅうなごん》さまにそれほど言っていただけるとは、あまりにもったいなくて……」

「そんなことはない。あなたは父君のためにも母君のためにも、幸せにならなければいけませんよ」

頼通は、すっかり賢子の兄にでもなったかのような口ぶりで言う。

「……ありがとうございます」

賢子は泣き出したいような思いで答えた。

人のよさにもほどがある。余計《よけい》な親切心もたいがいにしてくれ――そう叫《さけ》びたい思いであった。

小馬もそうだが、人のよい人間というものは、どうしてこうも鈍《にぶ》いのか。

(もう少し、私の心を知ろうと、お思いになってくださってもよいのに……)

だが、頼通の鈍感《どんかん》さは生まれつきのものなのだろう。そして、賢子は鈍感な人間が好きではない。

(ああ……)

頼通に対して抱《いだ》いていた情熱が、一気に冷めていく思いであった。

(いったい、私はあの方のことを、本当に好きだったのかしら……)

頼通《よりみち》が去っていった後に一人留《とど》まり、廊下《ろうか》から見える秋の空をぼうっと見上げていると、そんな考えがふと浮かんだ。

その時、くっくっと笑う声が聞こえた。

若い男の声のようである。だが、今聞いたばかりの頼通のものではない。第一、頼通が舞《ま》い戻《もど》ってきたところで、こんなふうに人を小馬鹿《こばか》にしたような笑い声を立てたりしないだろう。

「誰《だれ》なの！」

賢子は振《ふ》り返って、鋭《するど》い声を発した。

「いや、失礼」

柱の陰《かげ》から現れたのは、目も覚めるような美男子であった。

着ている直衣《のうし》は、萩襲《はぎかさね》――。表が蘇芳《すおう》（黒みがかった赤色）、裏が青という正反対の色の組み合わせは、よほどおしゃれな男でなければ上手に着こなせない。

だが、目の前の美しい貴公子は、まるで自分以上に萩襲の似合う男はいないとでもいうような、着こなしぶりであった。

（何て華《はな》やかな人――）

女でもこれほど美しい人を、賢子はあまり知らない。

皇太后彰子《こうたいごうあきこ》も美しいが、見る者を圧倒するほどの美の力では、この目の前の男に劣《おと》って

いた。

男は自分が美しいということを百も承知しており、その美しさを最大限に見せるこつも心得ている。それゆえの傲慢《ごうまん》さが話し方にも態度にもほの見え、少しばかり鼻につく。

だが、その一方で、これほど美しい男ならば、それも許されるとさえ、相手に思わせるのだから不思議なものだ。あたかも、光源氏の若き日の傲慢さを、読者が皆《みな》、許してきたように――。

「あなたを笑ったのではありませんよ。権中納言《ごんのちゅうなごん》（頼通《よりみち》）があまりに無粋《ぶすい》なのでね」

男はなおもにやにや笑いながら言った。

「驚《おどろ》きましたか。まあ、あの方らしいと言えば言えるが、察しが悪いにもほどがあるというものです。あなたの見事なお歌が、恋《こい》の歌だと気づかぬとは……。しかし、気を悪くなさらないでください。あの方は変わり者なのですよ」

どうやら、男は先の頼通と賢子のやり取りを、盗《ぬす》み聞きしていたらしい。ということは、頼通に去られた後、賢子が茫然《ぼうぜん》としていたその様子までも見られていたことになる。

あまりの屈辱感《くつじょくかん》に、賢子は唇《くちびる》を噛《か》みしめずにはいられなかった。

「私は、あなたのかわいらしさとその才能に、すっかり心を奪《うば》われてしまいましたよ」

男は不意に賢子の手を取って言った。

「えっ、あなたはいったい……」

賢子は驚愕《きょうがく》して、男の手を振《ふ》り払《はら》おうとしたが、それより早く、男は賢子の手を放すまいとして、いっそう強く握《にぎ》りしめてきた。

「嘆《なげ》くべくは、あなたのお歌を贈《おく》られたのが、この私ではなく、我《わ》が兄であったということです」

「あなたさまの……兄上――？」

ということは、この男は――。

頼通を兄と呼ぶのは、四歳《さい》年下の教通《のりみち》か、一歳年下で母親の違《ちが》う頼宗《よりむね》のどちらかだろう。

今日、頼通と一緒に御所へ参上したのは、あの名高い「今光君《いまひかるきみ》」――頼宗の方である。

「兄の権中納言は堅物《かたぶつ》で通っています。恋の情趣《じょうしゅ》を知らぬ人ではないのだが、まあ、北の方が怖《こわ》いのでしょう。大変な愛妻家《あいさいか》であり、恐妻家《きょうさいか》でもありますから――。どうです？あの堅物の兄はあきらめて、この私と恋を語らうというのは――」

「あなたさまは……今光君さま？」

茫然《ぼうぜん》とした賢子が、ついあだ名の方を口にすると、相手の男は一瞬《いっしゅん》、きょとんとし、それからさわやかな声を上げて笑い出した。

「今光君かと訊《き》かれて、はいそうです――とは答えにくいが……。まあ、誰《だれ》かが私のことを、あなたの耳に入れてくれたということでしょうな」

「で、でも、今光君さまなら大勢の女房《にょうぼう》たちに囲まれて……」

すぐには信じがたくて、賢子がつぶやくと、男はなおも笑いながら、

「私は、人を煙《けむ》に巻《ま》くのも得意なのですよ」

と、いたずらっぽい目をして言った。それから、笑顔を引っこめると、

「改めまして、私は右近衛中将頼宗《うこのえのちゅうじょうよりむね》といいます。私も、権中納言《ごんのちゅうなごん》と同じく、皇太后《こうたいごう》さまの弟ですよ」

男はまじめな顔で名乗った。

「これは、とんだ失礼を――」

賢子はあわてて頼宗につかまれた手を引こうとした。が、頼宗はそれを許そうとしなかった。

「皇太后さまと母親の違《ちが》う弟では、ご不満ですか。確かに、私は兄ほどには出世しないでしょうが、少なくともあなたの心を読み違えたりはしない。越後弁殿《えちごのべんどの》」

頼宗は賢子の手を強く引いた。あっという間もなく、賢子は頼宗に抱《だ》き寄せられた。

頼宗が耳もとへ口を寄せてくる。

「かをる香《か》によそふるよりはほととぎす　聞かばや同じ声やしたると――とも、言うでしょう。和泉式部殿《どの》が昔、お作りになったお歌ですが……」

熱い息と共に、熱い言葉が吹《ふ》きかけられた。

あの小式部の母和泉式部は昔、為尊親王《ためたかしんのう》というお方の恋人《こいびと》だった。しかし、為尊親王は

二十六歳《さい》という若さで世を去ってしまう。すると、傷心の和泉式部のもとへ、為尊親王の弟である帥宮敦道親王《そちのみやあつみち》が橘《たちばな》の枝を贈《おく》ってきた。

その返事として、和泉式部が作ったという歌が、今、頼宗のささやいたものであった。

――橘の香で亡《な》き為尊さまを思い出すよりも、橘の木でさえずるほととぎすの声――あなたのお声の方をお聞きしたいわ。あなたのお声が、亡き兄宮さまのお声と、同じかどうか確かめるために……。

和泉式部と敦道親王が大恋愛《だいれんあい》をするきっかけとなった歌である。

頼宗は今、頼通《よりみち》の代わりに自分を愛してくれと、賢子に言っているのだ。

（あの、皆《みな》のあこがれの今光君が、私を求めてくださっている……）

賢子は今度こそ、本当に気を失いそうになった。そのまま、頼宗の胸に軽く頭をもたせかける。

（ああ、恋ってこういうものだったのね……）

今までの自分は、何と子供だったのだろう。

頭につめこんだ知識だけで、恋も人生も分かったふうなつもりでいた。

頼通に対する思いなど、今の気持ちに比べたら、何ほどのものであろう。あれは、恋を知らぬ世間知らずの小娘《こむすめ》が、恋にあこがれて抱いた偽《にせ》の恋心に他ならなかった。

（私は……大人になったんだわ）

頼宗《よりむね》の胸の中で、賢子はそっと目を閉じた。温かく、泣き出したいような幸福感がじわじわと全身を包みこんでくれる。

自分はかけ替《が》えのないものを手に入れた——この時の賢子は、自分の幸せを信じて疑わなかった。

第二章　恋《ライバル》がたき

一

「このことは誰《だれ》にも言ってはいけないよ」

頼宗《よりむね》はそうささやいた。

「宮中や御所《ごしょ》では、あること、ないこと、噂《うわさ》に尾《お》ひれがついて回るものだ。下手な浮名《うきな》（恋の噂）を立てられるようなことになれば、何よりあなたの母上が悲しまれるからね」

頼宗の言葉に、賢子《かたこ》はしっかりとうなずいた。

「私はなかなかこちらへ来ることもできないが、私の心を疑ってはいけない。私は必ずや、あなたを私の恋人《こいびと》とするつもりだからね」

頼宗は賢子をひしと抱きしめて、そう誓《ちか》ってくれたのだ。

女房《にょうぼう》が恋人を持てば、相手の男を自分の部屋に招いて、一緒《いっしょ》に時を過ごすものである。

（頼宗《よりむね》さまが私の部屋へお越しになる日が来たら、あの小馬《こま》が邪魔《じゃま》だわ）

こうなったら、一日でも早く、一人で使える部屋をもらわなければならない。

女房《にょうぼう》たちの部屋は「局《つぼね》」といい、空間を仕切りで隔《へだ》てて使っている。だから、二人部屋を仕切りで隔てて一人部屋にすることも可能だし、部屋の広さも自由に変えられた。無論、広さは身分や御所《ごしょ》にいる年数によって異なっている。

賢子は若い上に新人であるという理由で、お目付け役の小馬がつけられていたのだが、一人部屋をもらうには、もうお目付け役は必要ないと、皆《みな》に思わせるしかない。

（そのためには――）

賢子は思案をめぐらせ始めた。

賢子に対する嫌《いや》がらせは、今も続いている。まずは、それをやめさせることだ。嫌がらせがなくなれば、ひとまずは一人前と認めてもらえるだろう。

いじめをくり返しているのは、賢子と同い年から少し上くらいの女房たちであった。御所へ上がってひと月と経たぬうちに、その中心人物を賢子は探り出した。

名を源 良子《みなもとのよしこ》という。ここでは中将君《ちゅうじょうのきみ》と呼ばれていた。

どうやら、皆はこの良子の指示に従って、賢子に嫌がらせをしているらしい。

良子の母の基子《もとこ》は、宮中に仕える女官だが、彰子《あきこ》の母とは乳姉妹《ちきょうだい》として育ったという。

このように、母親が彰子の一家と強い結びつきがあるため、良子はこの皇太后《こうたいごう》御所でも威張《いば》りちらしていた。

年齢《ねんれい》は賢子と同じだが、賢子と違《ちが》って、幼い頃《ころ》から母について宮中へ上がり、宮中で育ったという。いわば、宮中や御所が自分の家とでもいうような、筋金入《すじがねい》りの女房であった。

何かあれば、すぐに実家に帰りたいと言って泣く若い娘《むすめ》たちにとって、良子の存在は頼《たの》もしいのだろう。

賢子は決断するとすぐに、中将君良子の部屋へ向かった。

「失礼するわ」

言うなり、部屋へ入りこむと、

「ちょっと、どういうつもりなの。失礼な人ね」

ごろんと横になっていた良子は、目を剝《む》いて怒った。見れば、表着《うわぎ》は着崩《きくず》れているし、化粧《けしょう》もしていない。だらしない女だと、賢子は内心で軽蔑《けいべつ》した。

だが、部屋の広さは、賢子と小馬が与えられている二人部屋よりも広いではないか。特別待遇《たいぐう》を受けているのだと思うと、いまいましかった。

「失礼するって、声をかけたでしょう」

賢子は動ずることなく、良子の前に勝手に座った。

「何の用なのよ」

賢子が簡単には引き下がらないことを悟《さと》ったのだろう、良子は起き上がって髪《かみ》を撫《な》でつけながら、不機嫌《ふきげん》そうな声で訊《き》いた。

「あなたが頭の悪い子たちにやらせている嫌《いや》がらせを、すぐにやめさせてほしいのよ」

良子の顔色が変わった。

「さあ、何の話か、見当がつかないわね」

顔つきとは裏腹に、良子はとぼけるつもりでいるようだ。

「そういうつもりなら、それでかまわないのよ。私にも、考えがあるから——」

賢子は顔色も変えずに言った。

「考えって何よ」

「見回したところ、ずいぶんと高価なものばかりね」

賢子はぐるりと部屋の中を見回して言う。

「それがどうしたっていうのよ。私の父上はすでに出家したとはいえ、国守《くにのかみ》を何年も務《つと》め、家も豊かだったわ。父上が世間で恥《は》ずかしくないように——と、立派な仕度《したく》を調《ととの》えてくれたのよ」

「そう」

賢子は冷静に答えた。

良子の父親は源高雅《たかまさ》といい、醍醐《だいご》天皇の血筋を引く源氏の出である。

血筋もよいし、官職にも恵《めぐ》まれていた。国守となって財産を蓄《たくわ》え、その有り余る財力で道長のご機嫌を取り、彰子《あきこ》やその皇子《みこ》である東宮敦成親王《とうぐうあつひらしんのう》に仕えてきた。

「頼《たの》もしい父君をお持ちなのね。うらやましいわ」

「それがどうしたって言うのよ」

良子は嚙《か》みつくように言った。賢子が幼くして父を喪《うしな》ったことは知っているだろうに、そのことに思いを馳《は》せるような優《やさ》しさは持ち合わせていない。

「でも、この中には父君ではない方から、もらったものだってあるのではないかしら」

「そりゃあるわよ。母上や親族たちからのものだって……」

「そうじゃないわ。除目《じもく》を控《ひか》えた季節になると、あなたの高価な持ち物が増えるって、皆《みな》が言っているわよ」

除目とは、官職の任官発表《にんかん》の行事のことで、春と秋に二度行われる。春は地方官の任命が、秋は都の官職の任命が行われ、それぞれ「県召《あがため》し」「司召《つかさめ》し」とも言った。

除目の前には、よい官職に就《つ》こうと、就職活動が活発に行われる。この場合の就職活動とは、大臣のような有力者に自分を売りこむことであり、贈《おく》り物《もの》をする者も多い。中には、有力者に仕える女房《にょうぼう》に、贈り物を届ける者もいた。

それ自体は、決して悪いことではないのだが、若い女房たちがあまり派手に贈り物を受け取るのは、やはり眉《まゆ》をひそめられている。

「秋の除目が終わって間もないけれど、あなたのところへ挨拶《あいさつ》に来る人たちが、さぞや多かったことでしょうね」

皇太后《こうたいごう》にお仕えする女房《にょうぼう》たちの中では、良子は取り入る相手として群を抜《ぬ》いている。本人に力はなくとも、父親と母親が道長の一家と強く結びついているからだ。

源高雅《たかまさ》本人や女官の基子《もとこ》と、直接会えそうにない者は、まず娘《むすめ》の良子を通して伝手《つて》をつくろうとするのだった。

「それがどうしたっていうのよ。私の父上、母上に会わせてほしいっていう人が、私に贈《おく》り物《もの》をしたからといって、何が悪いの！」

「悪いなんて言っていないわ。でも、あなたの父君や母君に渡してほしいと頼《たの》んでおいた品物が、今もあなたの手もとにあるとしたら、渡した人たちはどう思うかしら」

「何よ。私が隠《かく》しているって言うの。その証拠《しょうこ》でもあるっていうわけ」

良子が怒《いか》りに燃えた眼差《まなざ》しを向けて言う。だが、顔色はすでに蒼《あお》ざめており、動揺《どうよう》は隠し切れていなかった。

「そんなの、目に見えるような所には置いていないでしょう？　隠しているのは、行李《こうり》（衣装入れ）や文箱《ふばこ》の中とか、鏡箱の中とか、褥《しとね》（布団）の下とかに決まっているわ」

賢子はわざとゆっくりしゃべった。

鏡箱と言った時、良子の頰《ほお》は引きつったようだ。それに、目が棚《たな》の上に置かれた鏡箱の方へ泳いでいる。

たやすいものだ——と、賢子は笑い出したかった。

「そうねえ、鏡箱の中とか、調べさせてもらえないかしら。高価な櫛《くし》や宝玉《ほうぎょく》なんかが、出てくるかもしれないわね」

「出てきたって、それは母上が私にくださったものよ」

「だったら、あなたの母君にお尋《たず》ねしていいわよね。変に思われないように、私のお母さまからあなたの母君に、さりげなくお尋ねしてくださるよう、お願いするから——」

賢子は立ち上がると、棚の上にのった鏡箱に向かって歩き出そうとした。

すると、良子はすかさず立ち上がり、賢子と棚の間をふさぐようにする。両手をぱっと横に広げて、

「分かったわよ」

叫《さけ》ぶようにして言った。

「あなたへの嫌《いや》がらせはやめるように、皆《みんな》に言う。それで気が済むんでしょう?」

「それだけじゃないのよ」

賢子はにっこりと笑ってみせた。

「私と同室の小馬さまに知らせてちょうだい。今まで私にしていた嫌がらせをやめて、これからは仲良くするって——」

「どうして、そんなこと、しなければならないのよ」

「そうしなければ、小馬さまが私のお目付け役から解放されないからよ。私は一人で使えるお部屋がほしいの」

「ふうん……。そこへ恋人《こいびと》を引っ張りこもうというわけね」

憎々《にくにく》しげに、良子は言い捨てた。

「そんなこと、あなたに関わりないでしょ？」

賢子は鼻で笑って言い返した。

「ふん、いい気にならないことね。どうせ頼宗《よりむね》さまに調子のいいことを言われて、浮《う》かれているんでしょうけれど……」

今度は、賢子の顔色が変わった。

「ちょっと、それ、どういう意味よ！」

思わず、目の前の良子の袖《そで》をつかんでいた。

「何するのよ」

良子は荒々《あらあら》しく賢子の手を振《ふ》り払《はら》うと、

「あなたが今光君《いまひかるきみ》から、優《やさ》しい言葉をかけられたことくらい、この御所《ごしょ》にいる誰《だれ》もが知っていることなのよ」

と、勝ち誇《ほこ》ったように言った。賢子は顔色を蒼《あお》ざめさせた。

「立ち聞きでもしていたっていうの」

声が震《ふる》えるのを止められないのが、気も遠くなるほど口惜《くや》しい。

「そんな無粋《ぶすい》な真似《まね》はしないわよ」

「じゃあ、どうして……」

「新しい女房《にょうぼう》に興味を持たれるのは、あの方の悪い癖《くせ》みたいなものよ。よほどの老女や不器量な女でない限り、あの方は誰にでも優しい言葉をおかけになるというわけ」

「うそよ！」

思わず、賢子は叫《さけ》んでいた。

「うそだと思うんなら、頼宗さまご本人に訊《き》いてみればいいわ。もっとも、お口のお上手な方だから、あなたを煙《けむ》に巻《ま》くのなんてお手のものでしょうけど……。それより、女房たちに聞いてみればいいわ。お声をかけられていない子の方が少ないでしょうからね」

「じゃあ、あなたも……」

「当たり前でしょう?」

声をかけられないのは恥《はじ》だとでもいうような顔つきで、良子は言った。

「あなた、それでどう思ったの。うれしくなかったの」

「そりゃあ、うれしかったわ。大勢の中から、私を選んでくださったと思ったもの」

「それで、他の子たちにもお声をかけていると知った時は……」

「そりゃあ、落ちこんだわよ。でも、光君は誰か一人のものじゃない。あんなに大切にされた紫《むらさき》の上《うえ》だって、光君を独《ひと》り占《じ》めになんてできなかった。だから、今光君も皆のものなの。独り占めにしようという気さえ起こさなければ、たとえあなたが今光君のいっときの恋人《こいびと》になっても、誰《だれ》も文句《もんく》は言わないでしょうよ」

私はいやだ——と、賢子は即座《そくざ》に心の中で否定していた。

もしかしたら、頼宗《よりむね》という男は、良子の言うような形でしか、手に入らないのかもしれない。

もちろん、頼宗の北の方（正妻）になりたいとか、一生でただ一人の女になりたいなどと、大それた望みを抱《いだ》いているわけではなかった。

ただ、いっときだけでもよいから、本気の、真剣《しんけん》な愛情を注いでほしい。

本物の恋というものを、あの方としてみたい。

賢子は今でもまだ、その思いを捨て切れなかった。

その時、つと小式部《こしきぶ》の甘《あま》ったれた顔が頭に浮《う》かんだ。

「ねえ、小式部はどうなの？」

賢子は、再び良子の袖《そで》をつかんで訊《き》いた。その顔つきがあまりに真剣だったせいか、今度は良子も袖を振《ふ》り切ろうとはしなかった。

「どうって……？」

「頼宗さまとの関係のことよ。どうせ、あの子が来た時も、頼宗さまは興味を持たれたんでしょう」

「そりゃ、まあね。でも、あの子は十歳《さい》で御所《ごしょ》に上がったのよ。その時、すぐどうこうってことはなかったはずだわ。その後のことは、本人に聞いてみなければ分からないわよ」

「でも、あなた、頼宗さまは皆のものだって――」

「小式部は私たちとは、ほとんど口もきかないのよ。あの子と親しい女房《にょうぼう》なんて、いないんじゃないかしらね。いつも、ふわふわ浮《う》わついていて、気味の悪い子よ」

「だったら、いいわ。本人に聞くから――」

賢子は握《にぎ》りしめていた良子の袖を、思い出したように放すと、

「その時は、あなたとあなたの友達も立ち会ってよ」

と、続けて言った。

「立ち会う、ですって――」

「あなたたちだって、小式部と頼宗さまが実のところはどうなのか、知りたいんでしょう。私一人が問いつめたって、ごまかされてしまうかもしれない。でも、皆でおどして問いつめれば、本当のことを言うわ」

「あなた、根性、ねじれているのね」

あきれた口ぶりで、良子は言う。

「あなたほどではないわ」

賢子も平然と言い返した。

二

女は群れると強くなったように思いこむ。そして、同時に意地悪になる。ここに集まった者たちは、本能的にか、あるいは経験的にか、それを知っている女たちばかりであった。

ここは、女房《にょうぼう》たちの部屋が並ぶ、最も奥《おく》まった所で、今は使われていない部屋である。仕切りを取り払《はら》って広くしてあるので、十人くらいが入ることもできた。

集まった女房たちは、賢子《かたこ》も入れて五人――。残る四人のうち、一人は良子《よしこ》で、残る三人はすべて良子が呼び集めたそのお仲間たちだ。

この少女たちは皆《みな》、良子の命令で、賢子に嫌《いや》がらせをしていた連中である。それを百も承知の上で、賢子は彼女《かのじょ》たちを利用するのをためらわなかった。

(あの子を追いつめるには仕方がないわ)

そう思い決めている。

あの子とは、小面憎《こつらにく》い小式部《こしきぶ》のこと。実家に下がっていたという小式部が、御所《ごしょ》に現れたというので、賢子は良子に頼《たの》んで仲間を集めてもらったのだ。

すでに、亥三《い》つ（午後十時）きっかりに、ここにやって来るよう、小式部には文《ふみ》（手紙）で伝えてある。小式部が来るのも間もなくだろう。

「来るかしら」

中の一人が疑わしげな口ぶりで呟《つぶや》いた。

「来るわよ」

断定するように、賢子が言い返した。

「この私が、大事な話があるって文に書いたのに、それを無視することはないでしょう」

「まあ、確かにね。私たちの誰《だれ》かの名前じゃあ、来ないかもしれないけれど……」

「それ、どういう意味よ」

賢子は尋《たず》ねた。

「昔、あの子が宮仕《みやづか》えを始めたばかりの頃《ころ》、いじめたことがあるから……」

「いじめた……？」

「そうよ。冬の夜に着物を剝《は》ぎ取って、外へ放り出してやったの」

おかしそうに、女房の一人が言う。

「でも、小式部が宮仕えを始めたのは、十歳《さい》の時だって……」

「そうよ。でも、あの子、妙《みょう》に大人びてたから、十二歳くらいには見えたわよねえ。それで、ちょっといじめすぎちゃったわ」

少女たちはあっけらかんとしている。

（何て人たちなの）

賢子は話のすさまじさに驚《おどろ》くと同時に、あきれ果てた。

（これから、小式部をおどそうという私が、言えることではないけれど……）

この少女たちのすることは、賢子の想像力の上をゆく。

「そのこと、母君の和泉式部《いずみしきぶ》さまには知られなかったの？」

賢子は尋《たず》ねた。

「それが、不思議よねえ。あの子、母親には告げ口しなかったみたいよ」

「そりゃ、そうでしょ。いじめられたって言っても、その後、すごくいい目を見たんだから、わざわざ告げ口する気も起こらなかったのよ」

「いい目を見たって……？」

賢子はさらに尋ねる。

「いまいましいことに、あの夜、小式部を助けたのが今光君《いまひかるきみ》さまだったのよ」

「まあ……」

裸《はだか》で震《ふる》える幼い少女と、それを助けた若い頼宗《よりむね》の図が浮《う》かんだ。

その日のうちに、二人が恋人同士《こいびとどうし》になったとしても不思議のない状況《じょうきょう》ではないか。

「いくら何でも、それは――」

賢子の不安に、皆《みな》は一様に首を横に振《ふ》った。

確かに、年齢《ねんれい》を考えればそうだ。あの女性関係の多い光源氏《ひかるげんじ》とて、十歳《さい》の紫《むらさき》の上《うえ》には手を出さなかった。

だが、今光君頼宗ならばどうか。

そう思った時、戸をとんとんと外から叩《たた》く音が聞こえた。

「開けるわよ」

良子たちに断って、賢子が立ってゆき、引き戸を開けた。

「あら」

小式部は賢子の背後に座りこむ良子たちの姿を、すぐに目にしたようだ。それでも、怖《おじ》気《け》づいた様子も見せず、そのまま中へ入ってきた。

いっそ、おびえてみせたり、泣きじゃくったりしてくれれば、こちらも気分がいいというのに……。

変に堂々としているから、気分が悪くなるのだ。それが、少女たちの怒りをあおることを、この小式部は気づいているのだろうか。

「私に話があるってことだけれど、何かしら。それも、こんなに大勢の仲間がいなければ、できないような話って――」

小式部は丸い目を、賢子にだけ向けて問う。その目がこちらをあざ笑っているように見えるのが、賢子には不愉快《ふゆかい》だった。

「ただ、あなたに尋《たず》ねたかっただけよ。頼宗《よりむね》さまのことについて――」

「頼宗さまのこと――？」

小式部は小首をかしげてみせる。誰《だれ》もがする当たり前の仕草《しぐさ》でも、小式部がすると、かわいらしく見えるのが憎《にく》らしい。

「頼宗さまの何を訊《き》きたいというの？」

相変わらずの舌足らずな物言いである。

「あなたと頼宗さまが、どういう関係なのかということよ」

小式部に翻弄《ほんろう》されているようで、いっそう腹が立つ。賢子はずけずけと言った。

「どうやら、それが聞きたくて、これだけ大勢の人を集めたようね。あるいは、五人がかりでないと、私が本当のことを話さないとでも――？」

小首をかしげたまま、小式部は賢子ら五人の顔を順ぐりに見つめていった。

「でも、安心して。そんなに知りたいなら教えてあげるわ。私が頼宗さまの恋人《こいびと》になったのは、今から一年前よ」

あっさりと小式部は告白した。

（頼宗さまの……恋人に……）

茫然《ぼうぜん》とする賢子の前で、小式部はぬけぬけと言う。

「驚《おどろ》くことではないでしょう。この中にも、頼宗さまの元恋人はいるはずよ。ねえ、中将君《ちゅうじょうのきみ》？」

小式部の光る眼差《まなざ》しが、今は中将君良子の顔に据《す》えられている。

賢子にははっきり言わなかったが、やはり良子も頼宗の恋人だったことがあるのだ。だが、頼宗は皆《みな》のものだと言うところを見れば、その後、相手にされなかった口なのだろう。

「ど、どうして、私が……」

良子が取り乱した様子で、あえぐように言う。

「頼宗さまが打ち明けてくださった昔の恋人たちのお名前に、あなたも入っていたと思うのだけれど……」

「もう、いいわ！」

さえぎるように、賢子は叫《さけ》んだ。

「あなたが頼宗さまの恋人の一人だってことは分かった。それで、今はどうなのよ。今も頼宗さまの恋人だというの？　私はそれだけが知りたいのよ」

小式部の眼差しが、ゆっくりと賢子の方にめぐってくる。

だが、小式部は何も言わない。答える気がないのだ。

（それは、もう頼宗さまに捨てられたからなのか。それとも、この私に挑《いど》む気なのか）

賢子は小式部の心を読み取ろうと、その瞳《ひとみ》の奥《おく》をじっとのぞきこむ。だが、小馬《こま》や良子の心は簡単に読める賢子でも、小式部の心はつかみどころがなかった。

「頼宗《よりむね》さまは新しい女が好き。だから、新しく目にした女には、とりあえずお声をおかけになるの。その後、恋人《こいびと》になるかどうかはその女しだい。そして、恋人関係が続くかどうかは、頼宗さましだいね」

小式部は歌うような調子で続けた。

「あなたが頼宗さまの恋人になりたいのなら、それは叶《かな》うわ。頼宗さまは、女心を踏《ふ》みにじるようなことはなさらないから――。でも、その関係を続けようなどとは思わない方がいいわよ。あなたみたいに子供っぽくて、情緒《じょうちょ》のない女は、頼宗さまが最も嫌《きら》う女だもの」

小式部の目は賢子だけを見つめている。

（この私が、子供っぽいですって！）

賢子は下唇《したくちびる》を思いきり噛《か》んだ。

どう見ても、あどけない顔つきをしているのは、小式部の方だ。しゃべり方も――それはわざとしているに違《ちが》いないと、賢子はかたく信じているのだが――小式部の方が甘《あま》ったれていて子供っぽい。

だが、話している内容が大人びていることは、賢子が容赦《ようしゃ》なく悟《さと》らされたことであった。それは、心がすでに大人であるということだ。

「もう帰ってもいいかしら？」

黙《だま》りこんでいる賢子の前で、堂々と小式部は訊《き》いた。

「ちょっと、越後弁《えちごのべん》（賢子）が訊いたのは、今、あなたが頼宗さまとどういう仲なのかっていうことよ。それに答えてないじゃないの」

良子が横から口をはさんだ。

「あら。でも、越後弁殿《どの》はもう、その答えを聞きたくないみたいよ」

小式部はぬけぬけと言う。

賢子は返事ができなかった。

「じゃあ、帰らせてもらうわ」

このままここにいたら、また寒空の下へ放り出されてしまうかもしれないから——と、挑戦的《ちょうせんてき》な言葉を投げ捨てて、小式部は堂々と部屋を出て行った。

完全な敗北としか言いようがない。

いまいましいが、美人なだけではなく、小式部は度胸も据《す》わっている。かわいらしい外見に似合わず、言うことは大人びているし、頭もいい。頼宗が小式部に惹《ひ》かれたのも無理はないと、賢子は思わざるを得なかった。

（でも、あの女は小鬼《こおに》だ……）

と、賢子は思う。

（かわいい顔をして、殿方《とのがた》をたぶらかす悪賢《わるがしこ》い小鬼《こおに》なのだ）

あんな女が堂々と頼宗《よりむね》のそばをうろついているのは、断じて許せない。

絶対にあの女を頼宗の周りから、追い払《はら》ってみせる。

「ああ、いまいましいっ！」

気づいた時には、手にしていた扇《おうぎ》を仕切りの壁《かべ》に向かって投げつけていた。

扇は良子の頬《ほお》の横を、触《ふ》れるか触れないかという際《きわ》どさで飛んでゆき、灯台《とうだい》の横の壁に当たって落ちた。

「ちょっと、危ないじゃないの！」

怒って言う良子の言葉も、賢子はまったく聞いていなかった。

第三章　宮中の古女狐《ふるめぎつね》

一

皇太后彰子《こうたいごうあきこ》が我《わ》が子の東宮敦成親王《とうぐうあつひらしんのう》に会うため、宮中へ行くことになったのは、その年の十一月初め頃《ごろ》のことであった。

敦成は彰子の産んだ皇子《みこ》で、来年六歳《さい》になる。

新年になると、宮中は行事が立て続けに行われるため、その前に母子水入らずで過ごしたいというのが、彰子の希望であった。

彰子の参内《さんだい》（宮中へ行くこと）に伴《とも》ない、数人の女房《にょうぼう》たちが選ばれることになった。

「ぜひともお供にお加えください」

賢子《かたこ》はそう願い出た。

彰子に直接頼《たの》むのは難しいので、いざという時に頼《たよ》るよう、母から教えられていた小少《こしょう》将《しょう》という年配の女房《にょうぼう》から口添《くちぞ》えしてもらった。幸い、願いは聞き届けられた。

（皇太后さまがお留守のこの御所《ごしょ》に、いったい、どんな貴公子が来るっていうのよ）

頼宗《よりむね》に会うためには、彰子のそばにいなければならない。

お供の女房の中には、小馬《こま》も中将君良子《ちゅうじょうのきみよしこ》も選ばれていた。

賢子は決して気を許したわけではないが、最近は良子と一緒《いっしょ》にいることが多い。

傍《はた》から見ると、いじめいじめられる関係だった二人がそれを乗り越え、すっかり仲良くなったように見えるらしい。

賢子は自然と、良子の仲間たちに迎《むか》え入れられるような形となった。それればかりか、いつしか良子を抑《おさ》えて、仲間たちの中心的な存在となってしまった。

遠慮《えんりょ》もせずに、ずけずけ意見を言う賢子の性格もあるが、その意見に皆《みな》が納得《なっとく》できるからでもあった。

誰《だれ》もが——あの良子でさえ、賢子は自分たちの誰よりも頭がいいと認めつつある。

小馬は相変わらずの人のよさで、部屋が別々になった今も、あれこれと賢子の世話を焼いてくれる。害にならぬ限り、賢子はその親切心を甘《あま》んじて受け入れていた。

そして、賢子と小馬と良子の三人は、期せずして、宮中へ向かう同じ牛車《ぎっしゃ》に乗り合わせることになった。

「あなたは宮中が初めてよね」

良子が賢子に尋《たず》ねる。

「ええ」

「私は皇太后《こうたいごう》さまが宮中にいらっしゃった頃《ころ》からお仕えしているから、よく知っているわ。頼《たよ》ってくれていいわよ」

などと、良子は得意げに胸を張って言った。

「あら、私だって宮中は知っているわ。私を頼ってくれれば、今までどおり助けてあげるわよ」

なぜか小馬が負けん気を出して、横から口をはさむ。二人はまるで賢子の世話役を奪《うば》い合っているようであった。

「私は平気です。宮中では宰相君《さいしょうのきみ》をお頼りするように、お母さまから言われているから――」

いい加減《かげん》、うるさくなって、賢子は言った。

宰相君は母が最も親しくしていた女房《にょうぼう》で、賢子の家にも遊びに来たことがある。宮中に着いたら、真っ先に挨拶《あいさつ》に行こうと、賢子は決めていた。

宰相君は東宮敦成親王《とうぐうあつひらしんのう》の御乳母《おんめのと》として、今は宮中にいるのである。東宮の乳母ともなれば、宮中での力もあるだろう。有力者を味方につけておけば安心である。

「ところで、今の宮中で、帝《みかど》（天皇）のご寵愛《ちょうあい》を最も受けておられるのは、どなたかしら？」

良子と小馬に尋《たず》ねてみると、たちどころに返事があった。

「それはもう、今年、中宮《ちゅうぐう》（天皇の正妻）になられた藤壺《ふじつぼ》さまでしょう」

二人は先を競うように同じことを言う。

藤壺とは、天皇の后《きさき》や夫人、女官たちが暮らす「後宮《こうきゅう》」と呼ばれる御殿《ごてん》の一つである。藤壺のように「壺」（または「舎《しゃ》」）とつく御殿が五つあり、他には桐壺《きりつぼ》とか梅壺《うめつぼ》などという御殿があった。また、宣耀殿《せんようでん》や弘徽殿《こきでん》などのように「殿《でん》」とつく御殿が他に七つある。

たとえば、藤壺に暮らしているのが、天皇の正妻である中宮ならば、御殿の名をつけて「藤壺の中宮」などと呼ぶ。

今、藤壺の主人は三条《さんじょう》天皇の中宮で、彰子の妹に当たる妍子《きよこ》であった。

「でも、宣耀殿さまも続いて、皇后《こうごう》になられましたけど……」

賢子が言うと、良子と小馬はそろって困ったふうに目を見交わしている。

宣耀殿に暮らしているのは、故大納言藤原済時《だいなごんふじわらのなりとき》の娘《むすめ》で、名を娍子《すけこ》という。

三条天皇の夫人となったのは、妍子よりも娍子の方が早く、すでに子も数人いる。

それなのに、左大臣道長《みちなが》の娘である妍子は、娍子よりも先に、天皇の正妻である「中宮」の地位に就《つ》いた。

中宮は一人しかなることができない。

だが、中宮に並ぶ地位として「皇后」の座があり、皇后もまた天皇の正妻である。

そこで、妍子《きよこ》が中宮《ちゅうぐう》となった後、娍子《すけこ》は皇后《こうごう》となったのであった。

中宮と皇后はどちらが上ということもなく、等しく后《きさき》として扱《あつか》われる。

だが、娍子は父親をすでに亡《な》くしていた。

父親の道長が健在で、しかも左大臣として力をふるっている妍子に比べると、どうしても娍子は影が薄《うす》くなってしまう。

「宣耀殿《せんようでん》さまが皇后になられた時の儀式《ぎしき》には、公卿《くぎょう》たちはほとんど参列しなかったというではありませんか」

良子が声をひそめて言った。

公卿とは、三位《さんみ》以上の身分や地位の高い貴族をいう。つまり、公卿たちは妍子の背後にいる道長の怒《いか》りを買うのを恐《おそ》れ、娍子が皇后になる儀式を欠席したのであった。

「その上、道長さまはその当日、たまたまご実家にいた中宮妍子さまを参内《さんだい》させなさったのよ。そのお仕度《したく》がまたたいそうお派手で、公卿たちは皆《みな》、その行列に加わっていたのだとか」

良子の声はますます小さくなる。

当然だろう。牛車《ぎっしゃ》の中には三人以外の女房《にょうぼう》も乗っていたし、彼女《かのじょ》たちは皆、道長の娘《むすめ》彰《あき》子《こ》、ひいては道長に雇《やと》われているのだ。いつどこで聞き耳を立てられているか知れたものではない。

「でも、宣耀殿さまが皇后となる儀式はとにかく無事に行われたのでしょう。一人の公卿も参列しなかったってことはないと思うけれど……」

賢子も声をひそめて言う。

「そこは、帝《みかど》に泣きつかれた中納言藤原隆家《ちゅうなごんふじわらのたかいえ》さまと、小野宮《おののみや》大納言藤原実資《さねすけ》さまが出向かれたそうよ」

良子の声は低いが、力がこもっている。

この時の隆家と実資の行動は、権力者道長へのご機嫌《きげん》取りに走らず、三条《さんじょう》天皇への忠誠《ちゅうせい》を貫《つらぬ》いたものだとして、声にならない称賛《しょうさん》を浴《あ》びていた。

良子のように、一家そろって道長の恩恵《おんけい》を受けてきた者でさえ、隆家や実資の行動を立派だと思うのだろう。

もちろん、この一件によって、実資と隆家が三条天皇から深く感謝されたのは当然である。

一方、三条天皇は、娍子に対する道長の嫌《いや》がらせに、不快《ふかい》の念をお持ちになったようだ。三条天皇は道長の娘である妍子を大事にしていたが、古くからの夫人である娍子のことも大事に思われていた。

その娍子がないがしろにされるのは、我慢《がまん》がならないのであろう。

この時、三条天皇の命令に従った藤原隆家と藤原実資は、道長と同じ藤原氏の出身であり、必ずしも道長の敵というわけではない。隆家などは道長の長兄道隆の子で道長の甥にあたる。

だが、今の世の中は、朝廷《ちょうてい》のほとんどが藤原氏で占《し》められており、藤原氏同士で権力を争っていた。

隆家も実資《さねすけ》も、世が世ならば道長などに負けているものか——という気概《きがい》を持っているのである。

「そういえば、皇太后《こうたいごう》さま（彰子《あきこ》）が入内《じゅだい》（天皇家へとつぐこと）なさった時も、実資さまはただ一人、お祝いの歌を作らなかったのよね。先の帝《みかど》でいらっしゃる花山法皇《かざんほうおう》さままで、左大臣さま（道長）のご機嫌《きげん》を取ろうと、お歌を作られたというのに……」

三人の中では最も年長の小馬が口をはさんだ。賢子や良子が生まれた頃《ころ》の話である。

「大したお方よねえ。今の世の中で、左大臣さまに物申せるお方なんて、実資さまだけよ」

良子は心から感服したように言う。

「あら。中納言《ちゅうなごん》隆家さまだっておられるわ」

賢子は口をはさんだ。

「まあ、隆家さまは別格よ。帝《みかど》への忠節《ちゅうせつ》とか、信義《しんぎ》とか、そういうことに関わりなく、左大臣さまが憎《にく》くて反抗なさっているだけなのでしょ」

良子が分かったふうな口をきいた。

皇太后彰子の夫であった一条《いちじょう》天皇には、彰子の前に后《きさき》とした定子《さだこ》がいた。かの有名な清少納言《せいしょうなごん》の女主人がこの定子であり、隆家は定子の弟に当たる。

定子と隆家の父である道隆（道長の長兄）が、若くして亡《な》くなることがなければ、道長の世など来なかったかもしれないのだ。定子が亡くなってしまった今も、隆家はその頃《ころ》の栄光を忘れられないのだろう。そうした思いが、道長への反発となって表れている。

「そういえば、小馬さまは隆家さまの中関白《なかのかんぱく》家とは親しいわよね」

ふと思い出したといった様子で、良子が言った。

中関白家とは、定子や隆家の一族を指す呼び名である。隆家の父道隆が関白だったことから、そう呼ばれていた。

「えっ、中関白家と——？」

賢子は目をみはって小馬を見た。

そういえば、小馬がどういう家の出身で、父や母がどういう人物なのかということは聞いたことがない。ところが、

「中関白家のお話は避《さ》けましょうよ。ここでするのはふさわしくないわ」

と、小馬はあわてた様子で、良子の言葉をさえぎってしまった。続けて、

「それより、帝は次の東宮《とうぐう》をどのようにお考えなのかしら」

わざとらしく話題を変えようとする。

「あら、もう次の東宮《とうぐう》さまのお話ですか。敦成《あつひら》さまが東宮さまに決まったのが去年のことだというのに……」

良子がつまらなそうに呟《つぶや》いた。

「でも、先帝《せんてい》（一条天皇）がご崩御《ほうぎょ》（お亡くなりになる）の間際まで、次の東宮を誰《だれ》にするか、迷っていらっしゃったことの方がめずらしいのよ。それに、今の帝《みかど》の皇子《みこ》さまたちの中には、もう元服《げんぷく》なさった方もいらっしゃるのだし……」

宣耀殿《せんようでん》の皇后娍子《こうごうすけこ》が産んだ皇子たちのことである。

第一皇子である敦明親王《あつあきらしんのう》はこの年、十九歳《さい》になっていた。

「でも、敦明親王さまが東宮では、左大臣さまが承知なさらないわ。せっかく入内《じゅだい》させた中宮妍子《きよこ》さまに、皇子さまがお生まれになるのを、意地でも待ち続けるのではないかしら」

賢子は自分の考えを述べた。

道長ならば、そのくらいのしぶとさはあるだろう。

何しろ、兄たちが次々に病で亡《な》くなったため、藤原氏の頂点に上りつめたという強運の持ち主なのである。

また、兄たちの死の機会を逃《のが》さず、若い甥《おい》たちを一方では蹴落《けお》とし、一方では味方に取りこむ用意周到《よういしゅうとう》なところもある。

隆家《たかいえ》などは、蹴落《けお》とされた口であった。

また、長女の彰子《あきこ》は期待どおり、一条天皇の皇子を二人も産んでくれた。こうした強運の持ち主ならば、もう一人の娘の妍子だって、皇子を産むかもしれないではないか。

だが、先の一件《いっけん》で、ややこじれてしまった三条天皇と道長の関係は、今、どうなっているのか、賢子には見当もつかない。

また、三条天皇は中宮妍子と皇后娍子のどちらを深く愛しておられるのだろう。そして、次の東宮について、どのようにお考えなのか。

そのあたりのことも、宮中へ行けば何かしら分かるだろう。

政治の権力と後宮《こうきゅう》の権力は、今、誰《だれ》のものなのか。それは、宮仕《みやづか》えをする女房《にょうぼう》ならば、常に関心を払《はら》っておかなければならぬ大事な問題であった。

そんなことに思いをめぐらしていると、突然、ごとりと大きな音を立てて、体に衝撃《しょうげき》が伝わってきた。牛車《ぎっしゃ》が止まったようだ。

「着いたのかしら」

賢子は、牛車の窓をそっと開けた。

見事な枝振《ぶ》りの松の木が見える。少し離《はな》れた所には、建物の一部が見えた。

牛車が止まったのは、前の車が車寄せにつけられるのを待つためらしい。

車寄せにつけられた牛車の中からは、履物《はきもの》を履《は》かずに建物へ移ることができた。牛車はそれから車宿り《くるまやど》（車庫）に送られる。

賢子と小馬と良子は順番に、牛車《ぎっしゃ》を降りた。

「ねえ」

賢子は小馬に気づかれぬよう、良子の袖《そで》を引いた。

「小馬さまって、中関白家《なかのかんぱく》とどんなご縁《えん》があるの？」

「あら」

知らなかったの――というような眼差《まなざ》しを、良子は賢子に向けた。

「あの方、清少納言殿《どの》の娘《むすめ》なのよ」

「ええっ！」

賢子が思わず上げた大声に、小馬が振《ふ》り返って、不審《ふしん》そうな顔を向けてくる。

「……何でもありません」

上ずった声で言いながら、賢子はただ茫然《ぼうぜん》とするしかなかった。

二

彰子《あきこ》が宮中にいる間、お付きの女房《にょうぼう》たちは部屋を割り当てられることになった。といっても、十分な広さがあるわけではなく、若い女房たちは相部屋《あいべや》になるのは避《さ》けられなかった。

賢子《かたこ》は再び小馬《こま》と相部屋になった。一方、良子《よしこ》はいつもの仲間がいなかったせいか、小《こ》式部《しきぶ》と相部屋だという。

「無理よ、ぜったい――」

良子は泣きついてきて、賢子に代わってくれと言う。

「私だって、小式部と一緒《いっしょ》なんて、まっぴらごめんだわ」

賢子はにべもなくはねつけた。

「あなた、母上が宮中におられるんだから、母上のお部屋へ行けばいいじゃないの」

続けて、そう言ってやると、

「理由を訊《き》かれたら、答えられないわ」

と、騒《さわ》ぎ立てる。結局、小馬が折れて、小式部と相部屋になるのを同意したので、賢子は良子と一緒に部屋を使うことになった。

一段落すると、賢子は母の親友で、東宮《とうぐう》に仕えている宰相君《さいしょうのきみ》の部屋を訪ねた。

「よくいらっしゃったわね」

宰相君はにこやかな笑顔で、賢子を迎えてくれた。

先ほど、賢子と良子に割り当てられた部屋の二倍以上はある。

（さすが、東宮《とうぐう》の御乳母《おんめのと》ともなると、扱《あつか》いが違《ちが》うのね）

そんなことを思いながら、中を興味深く見回していると、

「皇太后《こうたいごう》さまの御所《ごしょ》では、つらい目に遭《あ》ったのではなくて？」

と、宰相君《さいしょうのきみ》が優《やさ》しく訊《き》いてくれた。

まるで母が娘《むすめ》を気づかうような温かい言い方をされると、強気な賢子でもつい、じんときてしまう。思い返せば、御所へ上がって以来、大人の女性から、こんな優しい言葉をかけてもらったのは初めてだった。

（この方が、私の母上だったらよかったのに……）

宰相君なら、たとえ宮仕えをしていても、時折、家へ戻《もど》ってきた時に、賢子を甘《あま》えさせてくれただろう。そして、こういう人が母親ならば、自分もすなおに甘えることができたのではないかと思う。

（でも、お母さまは違《ちが》っていた――）

実家に帰ってくれば、いつでも疲《つか》れたような不機嫌《ふきげん》そうな顔つきばかりしていた。母の後をついて回って「お母さま」と話しかけても、「今はちょっと疲れているから――」と言い返された。少し年齢《ねんれい》がゆくと、返事もされなくなった。宮仕えで疲れている私の苦労が分からないのか――というような目で、見つめ返された。

本当は話したいことがいっぱいあったのに……。

母が書いた『源氏物語《げんじ》』を読んで胸が高鳴ったことも、後に紫《むらさき》の上《うえ》となる若紫《わかむらさき》の少女のかわいらしさにあこがれたことも、ちゃんと伝えたかったのに……。

母が賢子の話をまともに聞いてくれたことは、一度もなかった。

賢子もまた、いつの間にか、母には何も話そうとしなくなってしまった。

「賢子……殿《どの》?」

思いに沈《しず》みこむように黙《だま》ってしまった賢子を見て、宰相君は賢子がよほどひどいいじめに遭《あ》ったらしいと考えたようだ。

にじり寄るように賢子の傍《そば》まで来ると、そっと膝《ひざ》の上の手を取った。

賢子ははっと我に返った。

「えっ？　ああ、御所のいじめなら、大したことありませんでしたわ」

賢子はあわてて言いつくろった。

宰相君を前にすると、つい幼い娘のように甘えたくなってしまうが、そんなことをすれば、その話はそのまま母に筒抜《つつぬ》けとなる。

賢子が御所で泣きべそをかいているなどと、母に思われるのだけは我慢《がまん》ならなかった。

あの母は賢子がいじめられていると聞けば、賢子の身を案ずるよりも先に、賢子に失望するに違いないのである。

優しく包みこむように愛してもらえないのならば、せめて自慢《じまん》の娘だと思ってもらいたかった。「この子は母の私がいなくとも、一人でやっていける立派な娘《むすめ》なのだ」と――。

賢子は御所《ごしょ》内で自分の受けたいじめを、軽い口ぶりで語り、その上、自分をいじめていた良子のことを今では手なずけてしまったのだと、誇《ほこ》らしげに報告した。

そんな賢子の様子を、宰相君《さいしょうのきみ》は驚《おどろ》いたり、あきれたりしながら、熱心に聞いた後、

「まったく、あなたという人は……」

と言うなり、ころころと笑い出した。

「小さな頃《ころ》から、変に度胸があって、お母上よりもずっと世慣れているのよねえ」

世間の風に当たったこともないのに、不思議なことね――と、宰相君は笑い続けている。

「でも、あなたは……」

宰相君は笑うのをやめると、賢子の頰《ほお》にそっと手を触《ふ》れた。

「物心つかぬうちに、お父上を亡《な》くされたのよね。たとえ邸《やしき》の中にいたって、世間の風の冷たさを、あなたは感じていたのかもしれない。聡明《そうめい》なお母上の血を引いているのだもの」

宰相君は本当に思いやりのある人だと、賢子は思った。いつまでも若く美しく、丸くて柔《やわ》らかな面差《おもざ》しと雰囲気《ふんいき》は、理想の母親そのものである。こんな女性に育ててもらえるなんて、東宮《とうぐう》さまはお幸せだと、賢子は心から思った。

「私は大丈夫《だいじょうぶ》ですわ、宰相君さま」

賢子は微笑《ほほえ》み返した。

「お父さまの顔を知らないのは寂《さび》しいですけれど、幼すぎたせいか、父を喪《うしな》った悲しみは知らずに済みましたもの」

平然と言う賢子に、

「大したものね、あなたという人は――」

宰相君は再び朗《ほが》らかに笑ってみせた。

「とにかく、あなたがこうして宮中に来てくれてうれしいわ。しばらくは、ご一緒《いっしょ》にいられるのですからね」

宰相君は賢子の両手を取って言う。だが、たちまちその顔を引きしめると、

「でも、ここでも気をつけなければなりませんよ」

急に生真面目な様子になって言い出した。

「気をつけるって――?」

「皇太后《こうたいごう》さまの御所であなたを待ち受けていたよりも、もっと大物があなたを待ちかまえているってこと」

「私に嫌《いや》がらせをしようという人が、この宮中にいるということですか」

さすがに、賢子は顔色を変えた。その様子を気の毒《どく》そうに見つめながらも、宰相君はゆっくりとうなずいた。

「決してあなたのせいではないのだけれどね」

そう言い訳のように言ってから、

「あなたのお母上も、このことを一番心配なさっていて、くれぐれも——と、私にお頼《たの》みになったわ」

と、宰相君《さいしょうのきみ》は続けた。

「私を待ちかまえているのは、どなたですか」

たまらなくなって尋《たず》ねると、

「先帝《せんてい》の御世《みよ》からお仕えする左衛門《さえもん》の内侍《ないし》という女房《にょうぼう》です」

という返事であった。

「左衛門の内侍……」

賢子には聞き覚えのない名前であった。

内侍とは、内侍司《ないしのつかさ》という役所の女官のことであり、尚侍《ないしのかみ》二名、典侍《ないしのすけ》四名、掌侍《ないしのじょう》四名で構成されている。

良子の母基子《もとこ》はこの典侍であった。

長官の尚侍は実務を担《にな》うというよりも、名家の娘《むすめ》の名誉職《めいよしょく》であり、実際は天皇の后妃《きさき》のような扱《あつか》いである。

ただ「内侍」と呼ばれる場合は、最も位の低い掌侍を指すものなので、左衛門の内侍とはこの掌侍なのであろう。

「その方はどういう人なのですか?」

という賢子の質問に対して、

「お母上が昔、『日本紀《にほんぎ》の御局《みつぼね》』というあだ名を付けられたことは、ご存じかしら」

と、意外なことを切り出した。

「ええ、まあ……」

あいまいに、賢子はうなずく。

母に対して行われた嫌《いや》がらせの一つだった。賢子はこれを、祖父為時《ためとき》から聞かされた覚えがある。

紫式部《むらさきしきぶ》が歴史の知識をひけらかしていることから、付けられたあだ名だというが、祖父はこの話に憤慨《ふんがい》していた。祖父は、女が学問をすることに賛成だった。おそらく、自分の娘《むすめ》が男以上の学識を自在に使いこなしているのを見て、そういう考えになったのだろう。

だが、世間はまだまだ、女が学問をすることを嫌《きら》っていた。

故一条《いちじょう》天皇の后《きさき》であった定子《さだこ》も彰子《あきこ》も漢文に通じていたが、それは一条天皇が漢文を好み、そういう会話のできる女性を好んだからである。清少納言《せいしょうなごん》は定子の、紫式部は彰子の、いわばそのための専任教師であった。

賢子も祖父の薫陶《くんとう》を受けているので、母には及《およ》ばぬものの、漢文を読みこなすし、歴史書を読むのも好きだ。学者として名高い祖父から教えを受けた自負もあったし、同年代の男たちに引けはとるまいと考えてもいた。

(女が学問をして、何が悪い!)

賢子の中に改めて怒《いか》りがこみ上げてきた。母が受けたという理不尽《りふじん》な嫌《いや》がらせは、自分が嫌がらせを受けるよりも腹が立つ。

「その日本紀《にほんぎ》の御局《みつぼね》というあだ名をつけたのが、左衛門《さえもん》の内侍《ないし》なのよ」

宰相君《さいしょうのきみ》からそう聞かされた時、賢子の怒りは頂点に達した。

「その女が今、この宮中にいるというのですか」

賢子はその場に立ち上がりかねない勢いで尋《たず》ねた。

宰相君は賢子の剣幕《けんまく》に驚《おどろ》いたらしい。しばらくあっけに取られていたが、

「その女、なんて言うものではないわ」

と、優《やさ》しくたしなめるように言った。

(いけないっ! つい……)

あわてて口もとを押《お》さえる。

宰相君の前で口にしたのはまずかった。遠からず母の耳にも入るに違《ちが》いない。

「申し訳ございません。何とも、腹立たしい思いに駆《か》られましたので」

いつになくしおらしい態度で、賢子はうつむいてみせた。

「まあ、お気持ちは分かりますけれどね」

宰相君は気の毒《どく》そうに目を細めて言う。

「お母上ならば、じっと黙《だま》りこんで物思いに沈《しず》むところだけれど、あなたときたら、お母上とは違うのねえ」

感じ入った様子で、宰相君は呟《つぶや》く。続けて、

「確かに、左衛門の内侍殿《どの》は今も宮中におられます。意地の悪さも相変わらずのようで……。どうやら、このたびの皇太后さまの参内《さんだい》に、あなたがお供をしていることを聞きつけたらしいのですよ」

と、話を元に戻《もど》して言った。

「では、そのおん……いえ、内侍殿が私を手ぐすねひいて待ちかまえているのですか」

「ええ、おそらくは……」

宰相君は大きなため息を吐《つ》く。

「あの方には気をつけた方がいいわ。あなたがこれまで相手にしたような若い女房《にょうぼう》とは、格が違うから――」

「いじめ方の格ってことですね」

ずばりと訊《き》いた賢子の問いかけに、さすがに宰相君は何も言わず、手にしていた扇《おうぎ》で口もとを隠《かく》しただけであった。

だが、これはうなずいたも同じことだ。

（宰相君《さいしょうのきみ》さまは私がいじめられるのを、ご心配くださっているみたいだけれど……）

私はやられて泣き寝入りをするような女とは違《ちが》う――賢子はぎりぎりと奥歯《おくば》を嚙《か》みしめた。

（お母さまが受けた借りは、倍にして返させてもらうわよ）

宰相君の不安そうな顔を尻目《しりめ》に、挨拶《あいさつ》もそこそこに、賢子は勢いよく立ち上がった。

三

内侍司《ないしのつかさ》とは臣下《しんか》（家来）の言葉を天皇にお伝えしたり、宣旨《せんじ》（天皇のお言葉）を臣下に伝えたりするのが主な役目の役所である。

女官だけで構成され、皇室の秘宝である三種《さんしゅ》の神器《じんぎ》を守るのも仕事の一つであった。

ふだん天皇のおそばにいる内侍が、東宮《とうぐう》のもとにいる彰子《あきこ》と接触する機会は少ない。

だが、左衛門《さえもん》の内侍は、獲物をみすみす取り逃《に》がすような性格ではないだろう。賢子《かたこ》がそう思いながら警戒《けいかい》していると、ある日、内侍司より三条《さんじょう》天皇のお言葉が彰子に伝えられた。

「宮中の御厨子《みずし》に納められた御物《ぎょぶつ》（宝物）の楽器に、名の分からぬ横笛がある。他に名の分かっている楽器から推測すると、『青竹《あおたけ》』か『葉二《はふたつ》』のどちらかと思われるが、皇太后《こうたいごう》におかれてはご存じあるまいか。どうか御物の横笛をご覧《らん》になって、判断していただきたい」

というのである。

言い分はもっともらしいが、取ってつけたようなにおいもする。それに、彰子はその話を聞くなり、

「それならば、青竹に違《ちが》いありませぬ。葉二ならば、我《わ》が父左大臣が所有しているはずですから」

と、即答したのであった。

ならば、わざわざ御物の横笛を見るまでもないのだが、内侍司からよこされた女孺《にょじゅ》（雑用係の女官）は、

「それでも、帝《みかど》の仰《おお》せでございますゆえ、ひとまず御物を皇太后さまにご覧になっていただきたくお願い申し上げます」

と、言う。

さらに、御物を運ばせるための女房《にょうぼう》を、彰子のもとからよこしてほしいと続けた。

「その際には、ぜひとも小馬殿《こまどの》と越後弁《えちごのべん》殿をお遣《つか》わしいただきたく――」

内侍司の女官たちが、世に名高い清少納言《せいしょうなごん》と紫式部《むらさきしきぶ》の娘《むすめ》たち二人を並べて見たいと言っ

ているらしい。それを伝え聞いた彰子《あきこ》は、

「宮中というところは相変わらず、物見高い人たちが多いこと」

と、少しあきれた様子で呟《つぶや》いた。

だが、断るつもりもないらしく、小馬と賢子はそろって内侍司《ないしのつかさ》へ向かうよう命じられた。

その道すがら、

「どうして、清少納言さまの娘《むすめ》だということを、隠《かく》しておられたのですか」

と、賢子は小馬に訊《き》いた。

「驚《おどろ》かないところを見ると、前から知っていたのね」

小馬は力なく笑って言う。良子に聞いたのだと答えると、

「別に隠していたわけではないの。ただ、私は母上とは血がつながっていないのよ。私の父上と母上が再婚《さいこん》したから、母と娘になったというわけ。だから、取り立てて言うようなことでもないと思っていただけよ」

と、小馬は答えた。

「清少納言さまがお仕《つか》えしていた亡《な》き皇后定子《こうごうさだこ》さまが、こちらの皇太后《こうたいごう》さま（彰子）の敵と見られていたからではないのですか」

敵というのは言い過ぎだが、定子と彰子が一時期、同じ人を夫とし、寵愛《ちょうあい》を競っていたのは事実である。それぞれに仕える女房《にょうぼう》たちの間に、敵愾心《てきがいしん》が育つのは当たり前だった。

いわば、小馬は敵方から乗りこんできたかのように、皇太后に仕える女房たちの目には映るのである。

「別に、そういうわけではないわ」

小馬は賢子から目をそらして、呟《つぶや》くように言う。

だが、その様子はやはり清少納言の娘であるということを、隠したがっているように見えた。

「もしかして、そのことでいじめられたりしたんですか」

思い切ってずばり尋《たず》ねてみると、

「……そりゃあ、まあね」

小馬は否定しなかった。相変わらず賢子から目をそらしたままではあるが、その後、ようやく本音を吐《は》き始めた。

「皇太后さまはお心のおおらかなお方ですから、私が清少納言の娘であることを、悪くお受け取りになることなんてなかったわ。でも、周りにお仕えする女房たちは違《ちが》っていたの。私、宮仕《みやづか》えを始めた時、中関白家《なかのかんぱく》の回し者だろうって、ずいぶん嫌《いや》がらせを受けたのよ」

「だから、隠すようになったとおっしゃるの?」

小馬は不意に立ち止まると、賢子の顔をにらみつけるように見据《みす》えながら、

「分からない人ね。隠していたわけじゃないって、言っているでしょう」

と、めずらしく激して叫《さけ》んだ。

「小馬さまは逃《に》げているのよ」

賢子は動じることなく、断ずるように言い返した。

「嫌《いや》がらせは、清少納言さまの娘《むすめ》だから受けたんじゃないわ。誰《だれ》だって受けるものよ」

「でも、あなたへの嫌がらせなんて、大したことなかったじゃないの。それは、あなたのお母上が皇太后《こうたいごう》さまにお仕えしていたから……」

「同じように母上が皇太后さまにお仕えしていた小式部《こしきぶ》は、真冬の夜に裸《はだか》で外へ出されたそうですよ。それって、相当ひどい嫌がらせなんじゃありませんか」

小馬は唇《くちびる》を引き結んだまま黙《だま》りこくっている。

「小馬さまが受けた嫌がらせがどんなものだったか、私には分からない。それに、私は確かに、それほどひどい嫌がらせを受けなかったんでしょう。でも、それは私が逃げなかったからだと思っています」

賢子は小馬の目をまっすぐに見つめ返しながら、続けて言った。小馬はやはり黙っていた。

「その証拠《しょうこ》を、見せてさしあげられると思うわ」

賢子はそれだけ言うなり、前の方で、二人の様子をはらはら見つめていた女孺《にょじゅ》をうながして、再び歩き出した。

小馬も黙ってついては来たが、二人はもう内侍所《ないしどころ》に到着するまで、一言も口をきかなかった。

内侍所は、仁寿殿《じじゅうでん》、紫宸殿《ししんでん》を中心に構成された宮中の真東にある。

天皇がいつもお使いになる清涼殿《せいりょうでん》とは、仁寿殿をはさんで、ほぼ左右対称の位置にあった。その御殿《ごてん》を温明殿《うんめいでん》といい、三種の神器はここに納められている。

内侍司《ないしのつかさ》の女官たちは、清涼殿の近くで、日常的な天皇の御用《ごよう》に応じることもあるが、一部は温明殿につめていた。

今、賢子と小馬が案内されたのは、温明殿の方である。

「皇太后さまの女房《にょうぼう》、小馬さまと越後弁《えちごのべん》さまをお連れいたしました」

女嬬が奥《おく》にいる女官たちに報告している。居並んでいる女官は三人であったが、いずれも掌侍《ないしのじょう》なのであろう。年齢《ねんれい》も四十代から五十代くらいの者ばかりである。

中でも、真ん中に座る老女官は最もやせ細り、一重の細い目がつり上がって、まるで狐《きつね》のような容貌《ようぼう》であった。

(あの女が、左衛門《さえもん》の内侍ではないかしら)

賢子は見当をつけ、狐目《きつねめ》の女官をにらみつけた。

「それはご苦労さま。まずは、そこなる二人に名乗ってもらいましょうかの」

狐目が年齢のわりに力のこもった声で言う。

「前摂津守藤原棟世《さきのせっつのかみふじわらのむねよ》の娘《むすめ》、小馬と申しまする」

小馬が先にかたい声で挨拶《あいさつ》した。

「故藤原宣孝《のぶたか》の娘、越後弁《えちごのべん》にございます」

賢子も名乗った。母親の名は出さなくとも、それぞれの素性は察しているだろう。

「ほう、こなたが……」

狐目《きつねめ》の女が賢子にじっと目を向けた。

「失礼でございますが、左衛門《さえもん》の内侍《ないし》さまでいらっしゃいますか」

賢子は臆《おく》せずに問うた。

「いかにも、そうじゃが……」

相手は不意をつかれたらしく、ぎょっとしたような顔つきをしたが、そこは老練の女官のこと、たちまちしかめ面を取り戻《もど》している。

「それは、どうも。私が、日本紀《にほんぎ》の御局《みつぼね》の娘にございます」

賢子はまばたきもせず、左衛門の内侍をにらみつけながら、ゆっくりと挨拶《あいさつ》した。

「私も、『日本書紀』くらいは読んでおります。二代目の日本紀の御局と、呼ばれるようになりたいものですわ」

「ほう……。それは感心なことじゃ」

左衛門の内侍もまた、負けじと賢子をにらみつけながら言い返した。

だが、皺《しわ》の寄った笑みを口もとにたたえてはいても、目は怒《いか》りと屈辱《くつじょく》ににごっている。

(虚《きょ》をつかれたってところね。いい気味！)

賢子は笑い出しそうになるのを、必死にこらえた。

(私はお母さまとは違《ちが》うってことを、思い知るといいわ)

口には出さないが、挑《いど》むような眼差《まなざ》しを賢子は隠《かく》そうともしなかった。

小馬も、残る二人の内侍たちも、あっけに取られて、成り行きを見守っている。

「それでは、小馬さま」

ゆうゆうと、賢子は言った。

「皇太后《こうたいごう》さまより仰《おお》せつかった御物《ぎょぶつ》をお預かりして、私たちは下がらせていただきましょう」

「……え、ええ」

うなずく小馬の声は、まだ驚《おどろ》きから立ち直っていない。

「宮中に伝わる御物ゆえ、めったなことがあってはなりませぬぞ」

左衛門の内侍が箱入りの御物を手渡す直前、もったいぶった様子で、負け惜《まお》しみのように付け加える。

だが、それはもう、賢子には負け犬の遠吠《とおぼ》えにしか聞《き》こえなかった。

「それはもう――」

にこやかに微笑《ほほえ》み返しながら、賢子は勝利の高揚《こうよう》に酔《よ》いしれていた。
小馬が不安そうな眼差《まなざ》しを送ってくるのさえ、少しも気にならなかった。

四

左衛門《さえもん》の内侍《ないし》があれで引き下がるはずはあるまい。必ずや賢子《かたこ》に仕返しをするはずだ。それも、持ち物を隠《かく》したり壊《こわ》したりといったたぐいの小さな嫌《いや》がらせではなく、裸《はだか》にして外へ放り出すような子供っぽいいじめでもなく、もっと何か、規模の大きなやり方でもって——。

（もしかしたら、御物《ぎょぶつ》に何かされるかもしれない）

たとえば、御物をすり替《か》えて、それを賢子の落ち度のようにするというような……。

賢子は御物を警戒《けいかい》していた。

だが、左衛門の内侍から渡された横笛はまぎれもなく、御物の「青竹《あおたけ》」であった。鑑定《かんてい》した彰子《あきこ》が言うのだから、間違《まちが》いない。

返しに行く時に難癖《なんくせ》をつけられるかと思ったが、それもなかった。その時、左衛門の内侍は温明殿《うんめいでん》におらず、賢子は拍子抜《ひょうしぬ》けのする思いであった。

「もう左衛門の内侍に仕返ししようなんて気持ちは、忘れた方がいいわ」

そんな賢子を見て、小馬《こま》は親切にも忠告してくれる。

「あなたがどんな困難からも逃《に》げないということは、もうよく分かったから……」

小馬は先の賢子の態度を生意気だと思う様子もなく、相変わらず手を差し伸《の》べてくれる。本当に心から優《やさ》しい人なのだ。

そんな小馬のことが、賢子は嫌《きら》いではなかった。ただ、あまりのお人よしを見ると、なぜかいらいらさせられる。そんなふうじゃ、この厳しい世の中を生きていけないわよ――と、忠告してやりたくなる。

そんな時、

(私は小馬さまと違《ちが》って、とんでもなく性悪《しょうわる》な女なのだろうか)

と、賢子はふと考えることもあるのだった。

(でも、仕方ないじゃないの。この世の中には、私みたいな性悪女がうようよあふれているんだから)

最後にはそう思い、自分は間違っていないという考えに至るのだった。

もちろん、左衛門の内侍への警戒を怠《おこた》ってはならない。

その左衛門の内侍についても、小馬ときたら、

「あの人があなたのお母上に意地悪をしたのは事実でも、娘《むすめ》のあなたにまで敵愾心《てきがいしん》を燃や

しているとは思えないわ。それに、もう分別盛りのお齢《とし》なのだから、娘《むすめ》よりも若いあなたに何かしようとは思わないでしょう」

などと言うのである。

(あの女がそんなに柔《やわ》なもんですか)

心の中では言い返したものの、さすがに人のよい小馬の耳に入れることを、賢子は遠慮《えんりょ》した。

だが、左衛門《さえもん》の内侍《ないし》の攻撃の矢は、必ず自分をめがけて飛んでくる——そう信じ切っていた賢子は、その後、自分の甘《あま》さを認識させられる羽目《はめ》となることを、この時はまだ知らなかった。

彰子《あきこ》が宮中に入って数日が経ち、暦《こよみ》は十一月の半ば過ぎになっていた。彰子が宮中で過ごすのは十日間の予定であり、師走《しわす》に入る前には皇太后《こうたいごう》の御所《ごしょ》に戻《もど》ることになっている。

ところが、この時、不慮《ふりょ》の事態が降りかかった。

この時の参内《さんだい》には、彰子が妹の中宮妍子《ちゅうぐうきよこ》と対面することも予定に入れられていたが、それも無事に終わって間もなく、妍子の体調が思わしくないというのである。

食欲がなくなり、顔色もよくないのだとか。

「いったい、どうしたというのでしょう」

彰子も心配していた。

自分の参内と時を同じくして、妹の具合が悪くなったのでは気に病んで当然である。見舞いを理由に、もうしばらく宮中に留《とど》まろうか、あるいは早く帰った方が迷惑《めいわく》にならないのか。彰子の表情も暗い。

その頃《ころ》になって、東宮《とうぐう》の乳母《めのと》である宰相君《さいしょうのきみ》が、宮中のただならぬ噂《うわさ》を拾って駆《か》けこんできた。

「大変でございます、皇太后さま」

宰相君は取り次ぎをしてもらうのももどかしそうに、いきなり彰子の御前《おまえ》にひざまずいて本題に入った。

「何があったのですか。あなたがそれほど取り乱しているとは、めずらしいこと」

彰子は心配そうな顔を向ける。

「最近の中宮さまのご容態について、内侍司《ないしのつかさ》の女官が何やらよくない夢を見たのだそうです。それを夢解き（夢の内容から吉凶を占うこと）させてみたところ、この宮中によくない物《もの》の怪《け》を連れこんだ者がいて、その物の怪が中宮さまに祟《たた》りをなしているのだとか」

その時、御前に控《ひか》えていた賢子は、内侍司の女官と聞いて顔色を変えた。

「それは由々《ゆゆ》しきことです」

彰子は眉《まゆ》をひそめたものの、

「もしや、その物の怪《もののけ》を連れこんだのが、この私だと申しているのですか」

と、落ち着いた静かな声で尋《たず》ねた。

「いいえ、めっそうもない」

宰相君《さいしょうのきみ》はあわてて首を横に振《ふ》る。

「皇太后《こうたいごう》さままではございませんが、皇太后さまの女房《にょうぼう》の中に、それに当たる者がいるのだとか」

宰相君は言いにくそうに言って、目を膝《ひざ》の上に落とした。

御前《おまえ》に控えていた女房たちの顔が、にわかに引きつったものになる。

「何というお話でしょう。そこまで言われたからには、真相を聞かなければなりませんわ。その内侍司《ないしのつかさ》の女官は、誰《だれ》がその物の怪を連れこんだと申しているのですか」

血相を変えて言う女房らに対して、

「いえ、そこまでは……」

宰相君は言葉をにごしている。だが、女房らはそれで承知するような雰囲気《ふんいき》ではなく、御前の空気は殺伐《さつばつ》としている。

「もうおやめなさい」

その時、彰子《あきこ》がぴしりと言った。

「たとえ噂《うわさ》といえど、私の女房が名指しされたのであれば捨て置くわけにはまいりませぬ。

されど、無用の騒《さわ》ぎ立ては帝《みかど》や中宮《ちゅうぐう》（妍子）へのご迷惑にもなります。この件は私が処するゆえ、皆《みな》はいたずらに口にしてはなりませぬ」

日頃《ひごろ》、穏和《おんわ》な彰子《あきこ》だが、こうして女房《にょうぼう》たちに命をくだす時の態度は、威厳《いげん》にあふれている。

「かしこまりましてございます」

女房たちは一様に頭を下げ、この話題はぴたりと収まった。が、それは表面的なことである。彰子の御前《おまえ》では口にはしないが、そうでないところでは、むしろかまびすしいくらいなのが当然であった。

（きっと、私なのだ！）

賢子はすぐに思い当たった。

その夢を見たという内侍司《ないしのつかさ》の女官とは、左衛門《さえもん》の内侍に決まっている。そして、あの女は物《もの》の怪《け》を連れこんだのが賢子だと触《ふ》れ回《まわ》ったのだ。

賢子を追いつめるために——。

ひいては、紫式部《むらさきしきぶ》を追いつめるために——。

これが公のこととなれば、賢子は無論のこと、紫式部さえ、彰子のもとを去らなければならなくなるかもしれない。

物の怪憑《づ》きの女房などを雇《やと》う家はないだろうから、賢子は将来にわたってずっと、女房勤めをできなくなる。

(何という、汚《きたな》い手を使うのか！)

地団駄踏《じだんだふ》んでも収まらぬほど口惜《くや》しいことに、敵は着実に賢子の弱点をついてきた。将来が閉ざされれば、賢子は死んだも同然である。

頼宗《よりむね》のようなすばらしい貴公子との恋《こい》を夢見るどころではない。

実家に引きこもり、おそらくは訪ねてくる友も、求婚者《きゅうこんしゃ》の一人もなく、ひっそりと年老いて朽《く》ち果ててゆくだけ……。

(そんなことになってたまるものですか！)

賢子は彰子の御前を下がるなり、宰相君《さいしょうのきみ》を訪ねることにした。

ところが、廊下《ろうか》へ出たところで、すぐに良子《よしこ》につかまった。

「ねえ、あの物の怪憑きの女房って、誰《だれ》のことだと思う？」

良子は、気楽に興味本位の噂話《うわさばなし》を持ちかけてくる。

自分がその女房と名指しされることなど、あるはずがないと思いこんでいる。その気楽さを一瞬《いっしゅん》憎く思いながら、賢子は返事もしなかった。

良子の後ろからは、小馬が気がかりそうな眼差《まなざ》しを賢子に注いでくる。

内侍司の女官と聞いて、やはり小馬もあの左衛門の内侍を想像したのだ。そして、彼女《かのじょ》が標的に狙《ねら》うとすれば、それは賢子に違《ちが》いないと案じてくれているのだ。

ああ、だが、今はその親切心さえもうっとうしい。

――あの方には気をつけた方がいいわ。あなたがこれまで相手にしたような若い女房《にょうぼう》とは、格が違《ちが》うから――。

どうして、あの時、宰相君《さいしょうのきみ》から忠告された言葉を、もっと真剣に聞かなかったのだろう。

確かに、敵は一筋縄《ひとすじなわ》でゆく相手ではなかった。一時の打撃《だげき》ではなく、賢子の将来を閉ざすという大胆《だいたん》な方法を用いてくるなどとは、思ってもみなかった。

それなのに、ほんの少し相手を驚《おどろ》かせたくらいで、自分は勝ったと思いこんでいた自分は、何と愚《おろ》かな小娘《こむすめ》だったのだろう。賢子が行きかねていると、

「ねえ、これからどこへ行くの？」

すかさず良子が尋《たず》ねてきた。

「宰相君さまのところへ行くのよ」

つっけんどんに賢子が答えると、

「私も行くわ」

さも当然のことのように、良子は言った。

「先ほどのくわしい話を聞きに行くんでしょう。ねえ、そのあとで、私の母上のところにも行きましょうよ。母上は内侍司《ないしのつかさ》にいるんだから、その夢見をした女官のこともくわしく知っていると思うわ。もしかしたら、宰相君さまよりくわしい話が聞けるかもしれない」

賢子は、ついて来るなと言ってやりたかったが、良子が母親の話を持ち出したのを聞いて、思いとどまった。

確かに、宰相君が正確な情報を握《にぎ》っているとは限らないのだから、良子の母という伝手《つて》は残しておいた方がいい。

「勝手にして」

賢子は言った。その物言いに、良子はむっとしたようだが、最近は賢子の言うことに従うようになってきている。

賢子が歩き出すと、後ろから良子とは別の誰《だれ》かが立てる衣擦《きぬず》れの音がした。振《ふ》り返ると、

「私も連れていって」

険しい表情の小馬が駆《か》け寄《よ》ってきて言う。さすがに五歳《さい》も年上の小馬に対して、乱暴な口もきけず、

「お好きにどうぞ」

と、賢子は言った。

そのまま進んで、庭に面した板敷《いたじ》きの廊下《ろうか》を通り抜《ぬ》け、前に行ったことのある宰相君の部屋へ行く。

おそらく、宰相君の部屋は噂《うわさ》好きの女房たちでごった返しているだろうと思いきや、意外にも静かだった。

「あの、宰相君《さいしょうのきみ》さま」

と、外から声をかけると、あわただしく中から十歳《さい》ばかりの女童《めのわらわ》が飛び出してきて、

「宰相君さまはどなたにもお会いいたしません」

と、つっけんどんに言い放った。

女童とは、女房《にょうぼう》たちが私的に召《め》し使う雑用係の少女である。

(生意気な……)

と、自分よりも少し年下の少女の態度にむっとした賢子が、言い返してやろうとした時であった。

「あの、もしかして越後弁《えちごのべん》さまですか」

と、今度は上目づかいになって、女童が弱々しい声で問うた。

「そうだけど……」

先ほどの女童以上に、冷たく言い返してやると、

「これは、失礼をいたしました。越後弁さまがいらっしゃったらお通しするようにと、申しつかっております」

と、女童は急に態度を改めて、物言いも丁重になっている。

「そ、そう」

何となく調子を狂《くる》わされた面持ちで、賢子は女童の開けてくれた戸を通り抜《ぬ》けた。

「この方たちは、私の連れですから……」

何か言いたげな女童の口を先に封《ふう》じて、賢子は良子と小馬も中に入れてしまった。

優《やさ》しい宰相君ならば、許してくれるに違《ちが》いない。良子はうれしそうだが、小馬は本当にいいのかと遠慮《えんりょ》がちな表情をしている。

宰相君は部屋の中で、賢子が来るのを待ちかまえていたようであった。

「よく来たわ」

三人が座るのもそこそこに、いきなり言い始める。

「あなたが一人で来るものと思っていたのだけれど……」

宰相君は賢子に目を向けて言う。

「あの、お邪魔《じゃま》であれば、私どもは失礼いたしますが……」

すかさず、小馬が口を開いた。

「いえ、いいのよ。むしろ、これでよかったのでしょう。ただし、これからお話しすることは他言無用と心得てください」

宰相君が小馬を見つめて言う。小馬はすぐにうなずき、良子も、

「もちろんでございます。口の堅《かた》さは女房《にょうぼう》勤めの基本でございますもの」

と、物慣れた様子で口を添《そ》えた。守る気があるかどうかは疑わしいと、賢子は思っていたが、宰相君はそのまま信じたようだ。

「さすがは基子殿《もとこどの》の娘御《むすめご》ですね」

などと感心している。

だが、たちまち宰相君《さいしょうのきみ》は表情を改めると、賢子の方へ向き直って、

「もう想像がついていると思うけれど、夢を見たという女官はあの左衛門《さえもん》の内侍《ないし》ですよ」

と、切り出した。

賢子はこわばった顔でうなずいてみせる。

「まことかうそか、あの内侍はこう言いふらしているらしいのですよ。中宮さまのご容態が悪いのは、昔、帝《みかど》にお仕《つか》えしていた亡《な》き淑景舎《しげいしゃ》の女御《にょうご》の怨霊《おんりょう》が取《と》り憑《つ》いているからだ、と――」

「淑景舎の女御さまですって！」

話は思わぬ方向へ進んでゆく。どうやら物《もの》の怪《け》の正体まで特定されていたようだ。

淑景舎とは後宮《こうきゅう》の殿舎《でんしゃ》の一つで、別名を桐壺《きりつぼ》という。

昔、ここに暮らして「淑景舎の女御」と呼ばれていたのは、中関白藤原道隆《なかのかんぱくふじわらのみちたか》の次女原子《もとこ》であった。原子は、東宮《とうぐう》時代の三条《さんじょう》天皇に仕えており、あの皇后定子《こうごうさだこ》の妹でもある。

とてもかわいらしく魅力的《みりょくてき》な女性であったことが、『枕草子《まくらのそうし》』にも書かれているので、賢子も読んでその名は知っていた。

ところが、定子が亡《な》くなってから間もなく、この淑景舎の女御原子も宮中で血を吐《は》いて

亡くなってしまった。あまりに異常な死に方だったので、毒殺《どくさつ》されたという噂《うわさ》さえあったのだとか。宮中では半ば禁忌《きんき》となっている話である。

その原子の霊《れい》が、道長《みちなが》の娘《むすめ》で、三条天皇の中宮《ちゅうぐう》となった妍子《きよこ》を怨《うら》んでいるのは、分からぬ話でもない。

だが、妍子が三条天皇の妻となったのはここ数ヶ月の話ではないし、祟《たた》るのならば、もっと早くに祟っていてもよかったのではないか。

(やはり、あの左衛門の内侍の作り話に決まってる)

賢子は思った。

「それでね、その淑景舎の女御さまの怨霊を、宮中に連れてきたのが……」

賢子が思いをめぐらしている間にも、宰相君の話は続いていた。

「清少納言殿《どの》の娘の小馬殿、あなただというのよ！」

宰相君の眼差《まなざ》しは、いつの間にか、賢子から小馬の方へと移っていた。

小馬は唇《くちびる》さえも蒼《あお》ざめさせ、全身を小刻みに震《ふる》わせている。

「な、何ですって！」

賢子は、宰相君の前だということも忘れて、思わず大声をあげ、あろうことかその場に立ち上がっていた。

「そ、それは、どういうことですの？」

良子が賢子の裾《すそ》を引いて座らせようとしながら、口もきけなくなっている小馬の代わりに、宰相君《さいしょうのきみ》に訊《き》いた。

「ですから、中関白家《なかのかんぱく》の怨《うら》みの念が、お仕えしていた清少納言殿《どの》の娘《むすめ》である小馬殿に寄《よ》り添《そ》い、小馬殿の参内《さんだい》に伴《ともな》って、物《もの》の怪《け》が宮中に入りこんだ、と——」

「陰謀《いんぼう》よっ！」

賢子は宰相君の説明が終わる前に、叫《さけ》んでいた。

良子が裾を引くのを振《ふ》り払《はら》って、両手を拳《こぶし》に握《にぎ》りしめている。

「陰謀に決まっているわ。小馬さまが物の怪を連れてきたなんて、ばかげた話があるもんですか」

「ちょっと、越後弁《えちごのべん》殿。落ち着きなさい。宰相君さまが驚《おどろ》いておられるじゃないの」

良子が、賢子と宰相君を交互《こうご》に眺《なが》めながら、なおもその場を取りつくろおうとしていたが、その声ももう賢子の耳には入っていなかった。

「あの古女狐《ふるめぎつね》がっ！」

今や賢子は口に出してそう叫《さけ》ぶのを、遠慮《えんりょ》もしなかった。

「えっ！」

賢子の口から出た言葉に、良子と宰相君は度肝《どぎも》を抜《ぬ》かれたようだ。

放心していたはずの小馬でさえ、今、自分は何を聞いたのだろう——というような怪訝《けげん》な顔で、ものすごい形相の賢子を見上げている。

「このままにはしておくものですか！」

賢子は不意に座りこむなり、惚《ほう》けたような小馬の前に膝《ひざ》を進めて、その両手をしっかりと握《にぎ》りしめた。

小馬さまの仇《あだ》は、この私が必ず討《う》ってみせます――続けて誓《ちか》った賢子の言葉に対して、小馬は驚《おどろ》きのあまり、言葉を返すことができないでいた。

第四章　物《もの》の怪《け》あらわる！

一

賢子《かたこ》と良子《よしこ》、それに小馬《こま》の三人が、宰相君《さいしょうのきみ》を訪ねてから三日後の夜、三人はそろって温明殿《うんめいでん》の入り口——外の庭に面した廊下《ろうか》の、ちょうど曲がり角の柱の暗がりに身をひそめていた。

良子と小馬は目立たぬ袿姿《うちきすがた》である。賢子一人がやや風変わりで、大きくて真っ白な布を頭の上からすっぽりとかぶっている。

「ねえ、やっぱりやめた方がいいんじゃないかしら」

目をおどおどとさ迷わせながら、賢子にささやくのは小馬であった。

「私が宮中を退出すれば済む話なのよ。今ならば、世間の噂《うわさ》にはなっていないのだし、皇太后《こうたいごう》さまの御所《ごしょ》であれば、引き続きお仕《つか》えすることもできるでしょうし……」

小馬が宮中に淑景舎《しげいしゃ》の女御《にょうご》の怨霊《おんりょう》を招き入れた、そのせいで、中宮妍子《ちゅうぐうきよこ》は病にかかった――左衛門《さえもん》の内侍《ないし》がそう騒《さわ》ぎ立《た》てたせいで、小馬は皆《みな》から気味悪がられ、居場所がなくなってしまった。

もちろん、淑景舎の女御の怨霊など、内侍のでっちあげに決まっている。

(あの左衛門の内侍は、私に言い負かされた腹いせに、小馬さまを餌食《えじき》にしたんだわ)

小馬の方が気も弱そうで、効《き》き目があると考えたのか。それとも、賢子自身を標的にするより、賢子の友を標的にした方が、賢子を苦しめられると思ったのか。

「小馬さまがお帰りになりたいのなら、お好きにどうぞ。でも、私は自分のしたいようにいたしますから――」

「でも……」

「私はどうしても許せないのです。私が気に食わないのなら、私に向かって何でもすればいい。それなのに、私の友を標的にするなんて、あの女狐《めぎつね》のねじけた根性が許せません」

小馬のため、賢子は左衛門の内侍に仕返しをしようというのである。気の優《やさ》しい小馬にとって、それはありがた迷惑《めいわく》でしかないのだが、賢子の決意を変えさせるのは不可能だった。といって、この場に若い賢子と良子を残して去ることも、小馬にはできない。

良子はといえば、賢子の立てた計画を無責任に面白がり、楽しそうだから――という理由だけで、賢子に力を貸すと言い出したのだ。だが、性根《しょうね》が据《す》わっていないため、

「ちょっと寒いわねえ。こんなに寒いのなら、袿《うちき》を何枚も重ねてくるのだったわ。あなたが目立ってはいけないというから……」

などと、今から賢子に文句を言っている。

「あなたはいいわよね。その白布が寒さ避《よ》けになっているんだから――」

「だったら、あなたに譲《ゆず》ってもいいのよ。この布をかぶって、物《もの》の怪《け》の役目をちゃんと果たせるっていうのならね」

賢子に言い返されて、さすがに良子は押《お》し黙《だま》った。

賢子の立てた計画とは、左衛門《さえもん》の内侍《ないし》を懲《こ》らしめるため、物の怪のふりをして真夜中におどかしてやろうというものだった。

計画自体は単純だが、真夜中にたった一人でいるところへ、物の怪が現れれば、ふつうは肝《きも》をつぶすだろう。左衛門の内侍の肝は常人よりは図太いだろうが、試してみる価値はある。

ただ、問題は左衛門の内侍の部屋に現れれば、いかにもうそっぽく、また、他の誰《だれ》かに見とがめられる可能性も高いということであった。

それを解消したのは、さすがに宮中にくわしい良子であった。

「内侍司《ないしのつかさ》の女官は、神器《じんぎ》をお守りするため、交代で寝ずの番をするはずよ。左衛門の内侍が宿直《とのい》に当たる日を調べて、温明殿《うんめいでん》に出てやればいいんじゃないかしら。それなら、宮中を徘徊《はいかい》している物の怪っぽいし、左衛門の内侍を狙《ねら》ったってことにはならないから――」

さらには、自分の母に尋《たず》ねれば、左衛門の内侍の宿直日はすぐに分かるという。

賢子もそれに賛成し、その手はずは良子に任せることになって、この夜の決行となったのであった。


十一月も終わりの夜は冷えこむ。

良子が寒がるのも当然で、小馬も、白布をかぶった賢子でさえ、歯をがちがちと震《ふる》わせていた。

下弦《かげん》の月はまだ昇っておらず、火をともすこともできないので、頼《たよ》りとなるのは冬空に散った星明かりと、遠い場所にともされた庭の篝火《かがりび》のみである。

時刻はもう亥《い》の刻《こく》（午後十時頃）を回っているはずだった。

さすがに温明殿は静まり返っている。

（もう、そろそろ行ってもいいかしら）

と思いながら、賢子は息を吐《は》いた。白い息が闇《やみ》の中に、まるで命を持った生き物のようにうごめいて、何となく不気味であった。

闇というものは、ただそれだけで恐怖をかき立てる。

だから、賢子の立てた計画とは、まず良子が温明殿の戸を叩《たた》き、中の左衛門の内侍を呼び出す。宮中に入ったばかりの女房《にょうぼう》を装《よそお》い、道に迷ったふりをして、ひとまず中で休ませてもらう段取りをつける。

良子が中へ入りこんだら、温明殿《うんめいでん》の戸の錠《じょう》をかけないようにしておく。そして、次に賢子が温明殿の中へ入りこむ間際、良子は気づかれぬように室内の灯火《ともしび》を吹《ふ》き消すのだ。

それだけで、左衛門《さえもん》の内侍《ないし》はおびえるだろう。

あとは、物《もの》の怪《け》に扮《ふん》した賢子が、左衛門の内侍を傷つけない程度に、髪《かみ》を引っ張ったり小突《こづ》いたりすれば、それで十分だった。

うまくいけば、左衛門の内侍は気絶するだろう。そのまま逃げてしまえば、明日の朝には左衛門の内侍が物の怪に襲《おそ》われたという噂《うわさ》が、広まるはずであった。

「じゃあ、そろそろ行きましょう」

賢子は良子を振《ふ》り返って言った。

良子が表情を改め、真剣な顔つきで、こくりとうなずく。良子は暗さに慣れた目で、さしたる不便さも感じず、暗がりからそっと脱《ぬ》け出した。

良子は左衛門の内侍に顔を覚えられていないはずだから、まず失敗はするまい。

ここまできたら、小馬ももはや止めようとはせず、

「大事ないの？」

と、賢子を気づかうように尋《たず》ねた。

「ええ、私は平気です」

良子の立ち去った方へじっと目を向けたまま、賢子はまるで自分に言い聞かせるように言う。

小馬は賢子の痩《や》せた肩を、そっと見つめた。小刻みに震《ふる》えているのは、寒さのせいか、それとも緊張《きんちょう》のせいなのか。

何もしなければ、平穏《へいおん》無事に過ごせるだろうに、わざわざ自分から喧嘩《けんか》をしかけるようなことを言い、友の名誉《めいよ》を守ろうと奮闘《ふんとう》する。

(きっと、あなたは静かな凪《なぎ》に漂っているより、自ら波濤《はとう》に向かって漕《こ》ぎ出してゆく人なのでしょうね)

痩せた両肩は頼《たよ》りないが、それでも、その心には誰《だれ》も冒《おか》すことのできない誇《ほこ》り高さが宿っている。

「きっと、うまくいくわ」

不意に、思ってもいなかったことを、小馬は口にしていた。

「どうして、そう思うの?」

賢子が振り返って、疑わしそうな目を向けた。

「別に。ただ、何となくそう思っただけよ」

「ふう……ん」

賢子はなおも疑わしそうに、小馬を見つめていたが、それ以上、問いただすだけの時間もなかったせいか、再び前を向いた。

温明殿《うんめいでん》の重い杉《すぎ》の戸の開く音が、静寂《しじま》を冒《おか》して響《ひび》き渡《わた》った。

良子と、中から出てきた左衛門《さえもん》の内侍《ないし》か、その女童《めのわらわ》が、言葉を交わしているのだろう。

声までは聞こえないが、再び戸の閉まる音がしたら、賢子が出てゆく番である。

息を殺して待っていると、やがて、ぎいっと戸の閉まる音がした。

「行くわ」

振《ふ》り向きもせずに、賢子は言う。

小馬はうなずいて、賢子の肩《かた》をそっと押《お》した。

賢子は白布をかぶったまま、ふわりと立ち上がると、布をなびかせて暗がりから出ていった。

(どうか、何事もなく――)

小馬にはもう祈《いの》るしかできない。小馬は我知らず、両手を胸の前で合わせていた。

賢子は歩き出すと、不思議と震《ふる》えも止まり、寒さも感じなくなっていた。どういうわけか、絶対にうまくいくという確信もあった。

賢子は人影《ひとかげ》のない廊下《ろうか》を通り抜けて、苦労もなく温明殿の戸の前に到着した。

とん、と一つ戸を叩《たた》き、やや間を置いてから、とん、とん、と二つ叩く。それが合図だった。同時に、中では良子が明かりを吹《ふ》き消しているはずだ。

頃合《ころあい》を見計らってから、賢子はえいっと戸を外へ引いた。

案の定、錠《じょう》はかけられていない。杉の戸は決して軽くはなかったが、賢子一人が通り抜《ぬ》ける分だけならば、自力で開けることができた。

中は打ち合わせたとおり、真っ暗だった。

だが、それを恐《おそ》れることもなく、賢子は前へ進んだ。

問題は、あまりに暗くて、左衛門の内侍がどこにいるか分からないことの方であった。

賢子はむやみに動き回ることは避《さ》け、ひとまず暗闇《くらやみ》に目が慣れるのを待った。

良子にも、真っ暗になってからは絶対に動き回るなときつく言ってある。

(もう少し戸を開けて、外の明かりを入れた方がいい)

賢子はそう判断した。もちろん、外の方がずっと明るい。わずかではあっても、星の明かりや篝火《かがりび》の明かりがある。

賢子は中から杉の戸を少し押《お》した。引くよりも、押す方が力は入れなくて済む。

杉の戸を開け放ってしまうと、中の様子はぼんやりと見渡《みわた》せた。

「これは、また、どうしたことか。誰《だれ》か、誰かおらぬか」

わなわなと震《ふる》えながら叫《さけ》んでいる声が聞こえてきた。その声の方を見れば、床《ゆか》に突《つ》っ伏《ぷ》している人の黒い塊《かたまり》がある。

あれが左衛門の内侍に違《ちが》いないと、賢子は見当をつけた。暗闇に慣れた目で、そちらへそろそろと近付いてゆく。白い布が不気味な衣擦《きぬず》れの音を立てた。

　賢子は顔を見られぬよう、引きかぶった白布をさらに大きく引き寄せてから、左衛門《さえもん》の内侍《ないし》の体のどこかに触《ふ》れた。

　相手が丸まっているので、どこを触《さわ》ったのかは分からない。

「ひゃあっ！」

　賢子が触れるなり、相手は突然身を起こして、大声をあげた。これには、賢子も肝《きも》をつぶした。思わず、白布を取り落としそうになったが、

「お、お助けを……。お助けを――」

　すっかり動揺《どうよう》した左衛門の内侍が、泣きながらわめく声を耳にするなり、賢子はすぐさま落ち着きを取り戻《もど》した。

　左衛門の内侍はまともに賢子を見ることもできぬ様子で、両目をかたくつむっている。

　それでは、暗闇《くらやみ》にしたかいがないではないか。その上、賢子に向かって両手を合わせ、助けてくれと哀願《あいがん》する姿の、何とぶざまなことか。

「お前を食い殺《ころ》してくれよう」

　あまり口はきかない方が本物らしいのだろうが、すっかりおびえきっている左衛門の内侍を前にすると、もう少しおどかしてやりたくなって、賢子は作り声を出した。

「ひいいっ！　お助けを――。私は何もしておりませぬ」

左衛門《さえもん》の内侍《ないし》は叫《さけ》んでいる。

すると、賢子の傍《かたわ》らから、くっくっと笑う若い女の声が聞こえてきた。

良子である。あまりのおかしさに笑い声を止められないのだろう。

だが、左衛門の内侍に気づかれてはいけない。

賢子は良子を叱《しか》りつけたい気持ちであったが、それもぐっとこらえた。

その時であった。

「淑景舎《しげいしゃ》の女御《にょうご》さまーっ！　どうぞお見逃《みのが》しくださいませ。私ではありませぬ。私は何も存じませせぬ」

と、左衛門の内侍が言い出したのである。

（淑景舎の女御――？）

何を言っているのか。淑景舎の女御とは、左衛門の内侍自身がでっち上げた物《もの》の怪《け》ではないか。

（自分がでっち上げた物の怪に、おびえるなんて……）

賢子は思わず大事な時だということも忘れて、かぶりものの白布を押《お》し上げ、良子の方に目を向けてしまった。

良子も笑うのをやめ、小首をかしげている。そうするうち、

「ええ。分かっておりますとも、淑景舎さま。あなたさまがどれほどのご無念をかかえて、

黄泉《よみ》へ行かれたか、この左衛門はよう分かっております る。なれば、私ばかりはどうぞお見逃《みのが》しを——。祟《たた》るのであれば、どうぞ藤壺《ふじつぼ》か宣耀殿《せんようでん》をお訪ねくださいませ」

賢子に向かって両手をすり合わせながら、左衛門の内侍が必死に祈《いの》り出した。

あきれたことに、自分が助かるためならば、三条《さんじょう》天皇の二人の后《きさき》たちを差し出そうというつもりらしい。

この身勝手さには、開いた口がふさがらないが、それにしても、左衛門の内侍は本心から淑景舎の女御原子《もとこ》を恐れているようだ。となると、淑景舎の怨霊《おんりょう》が中宮妍子《ちゅうぐうきよこ》に祟っているという話は、まったくの作り話ではなかったのか。

賢子が思案していると、白布が強く引かれた。あわてて賢子は引っ張り返したが、布を引いているのは良子であった。

「行くわよ」

良子はひとまず退散しようというつもりらしい。

左衛門の内侍を見ると、どうやら恐怖《きょうふ》のあまり、気絶してしまったらしく、その場に倒れている。賢子の姿を見とがめられてはいないはずだ。

賢子は良子に引かれるまま、小馬の待っている場所まで連れ出された。

「どうだったの」

小馬が蒼《あお》い顔を向けて、口早に問う。

「平気です。絶対にばれてはいませんわ」

良子が答えた。

「それに、目的も達成。だけど……」

「だけど、何かあったの」

小馬が突《つ》っかかるように尋《たず》ねた。

「左衛門《さえもん》の内侍《ないし》は、物《もの》の怪《け》が淑景舎《しげいしゃ》の女御《にょうご》さまのものだ、と信じて疑っていない様子なんです。あれは、前に淑景舎の女御さまの物の怪に襲《おそ》われたことがあるか、あるいは、そういう噂《うわさ》を前もって聞いていた人の反応だわ」

良子がなかなか鋭《するど》い指摘《してき》をした。

「それって、どういうこと」

小馬が事情をよくのみこめない様子で訊《き》き返す。

「私にもよく分からないのですが……。でも、私たちだってばれてない以上、左衛門の内侍をあのまま放置しておくよりは、介抱《かいほう》でもして恩を売っておいた方がいいと思いますの。今から、何食わぬ顔をして、左衛門の内侍を助けに行きましょうよ」

良子は急に、計画にはなかったことを言い出した。

「助けに行くって、こんな真夜中に温明殿《うんめいでん》にいたことを、どう言い訳すればいいのよ。どう考えたって不自然でしょう」

小馬が眉《まゆ》をひそめて言う。

「平気よ。私の母上がいると思って、温明殿へ来たんだとでも言えば、誰《だれ》も疑ったりするものですか。そこは私に任せてください」

自信ありげに良子が請《う》け合った。小馬は心が揺《ゆ》れているようである。

「あなたはどう思うの、越後弁《えちごのべん》」

と、それまで黙《だま》っていた賢子に話を向けた。

「私はいやです。あの女狐《めぎつね》を助けるなんて……」

賢子はにべもない調子ではねつけた。

「ばかね。いつまでも怨《うら》みの念にとらわれてどうするのよ。物事の損得をよく考えて行動するようにしなくちゃ」

良子が説教をするように言う。

「あの女狐を助けることに、どんな得があるっていうのよ」

「ただ、そんな気がするのよ。勘《かん》が働くっていうか。とにかく、私は助けに行くわ。お二人がどうなさるかは、ご勝手に――」

良子はもうそれ以上、賢子を説得しようとはせず、自分だけはさっさと温明殿の方へ戻《もど》っていってしまった。

「わ、私も行くわ。もしも左衛門の内侍に何かあったら……。その、憎《にく》い人ではあるけれど、やっぱり心配だし……」

おどおどと賢子の機嫌《きげん》をうかがうようにしながらも、最後には小馬も温明殿《うんめいでん》の方へ駆《か》け出してゆく。

それでも、賢子は動き出さなかった。もはや用のなくなった白布をかぶったまま、じっと空の一隅《いちぐう》を見つめ続けていた。

良子の言うことが分からないわけではない。それに、左衛門《さえもん》の内侍《ないし》を放置しておくのが、よくないことだとも分かっている。

もう若くはないあの老女を、この寒さの中、放置しておけば、風邪《かぜ》を引くくらいでは済まないかもしれないのだ。怨《うら》みを持っているはずの小馬が、それを心配して助けようと言うのに、どうして自分は素直に賛同することができないのだろう。

思えば、賢子自身が左衛門の内侍から、何をされたというわけでもないというのに……。

（でも……お母さま）

宮仕《みやづか》えの生活に疲《つか》れ、実家に下がってきた母が、ほとんど賢子とも口をきかず、じっと物思いにふけっている横顔を思い出すと、賢子は今でも落ち着かない気持ちになる。

母の心には、娘《むすめ》である自分の居場所などないのではないかと、何度不安に駆《か》られたことだろう。

そして、母から見捨てられたならば、自分を守ってくれる人は祖父一人しかいなくなる。

その祖父だって、いつまでも生きているとは限らない。自分は本当に天涯孤独《てんがいこどく》になってしまうのではないか。

母が自分に見向きもしないのは、宮中での生活が母を悩ませているからだと、賢子はかたく信じていた。

宮中での生活が楽しく心躍《おど》るようなものならば、母だって、もっと心にゆとりを持って、娘の自分をかまってくれただろうに……。

その時、闇《やみ》が急に形をなして、賢子の手首にからみついてきた。

「だ、誰《だれ》っ！」

賢子は振《ふ》り返って叫《さけ》んだ。が、頭からかぶった白布が邪魔《じゃま》をして、その向こうにいる人《ひと》影《かげ》の正体が見えない。

だが、物《もの》の怪《け》ではない。背の高い男のようだ。

「おや、この私の手をもう忘れてしまったのですか。あなたもつれない人ですね」

男が言った。忘れようにも忘れられない声である。

「頼宗《よりむね》さまっ！」

賢子はまた叫んだが、その声は先ほどよりも力を失っていた。それに、叫んだ途端《とたん》、賢子は体中の力が抜《ぬ》けてゆくような気がして、頼宗に支えられる有様だった。

「それにしても、あなたはまあ、大変な格好をしておられる。いったい、何があったというのです」

「そ、それは……」

頼宗《よりむね》はゆっくりと賢子の頭から白布を取り払《はら》った。髪《かみ》もぼさぼさだろう。物《もの》の怪《け》よりもひどい姿をしているかもしれない。

それに引き換え、頼宗は黒の袍《ほう》を隙《すき》のない様子で美しく着こなしている。

ここで頼宗に会わなければならなかった偶然《ぐうぜん》を、賢子は激しく憎《にく》んだ。

「まあ、お話しになりたくないのならば、無理に聞こうとは思いませぬが……。お仲間は温明殿《うんめいでん》の方へ行ったようですから、あなたもあちらへお行きなさい」

「いえ、私は……」

「行くのです！」

有無を言わさぬ口調で、頼宗は言った。

「間もなくここを蔵人《くろうど》（天皇に仕える役人）たちが通るでしょう。だから、行きなさい。その怪《あや》しげな布を私に渡して……」

「でも……」

「私ならかまいません。これでも、人の目をくらますのは得意なのです。あなたとここで会ったことは、誰《だれ》にも言わないから安心しなさい」

それだけ言うなり、頼宗は賢子の背を温明殿の方へ向かって押《お》した。

こちらへ向かってくる話し声がその時、耳に飛びこんできて、賢子は振《ふ》り返ることもならなかった。

押《お》し出されるまま温明殿《うんめいでん》へ向かって歩き出しながら、賢子はなぜか、ひどくみじめな気持ちであった。

二

賢子《かたこ》が入ってゆくと、小馬《こま》と良子《よしこ》の二人が床《ゆか》に倒れた左衛門《さえもん》の内侍《ないし》に、呼びかけをしているところであった。

どうやら、左衛門の内侍はまだ目を覚ましていないらしい。

賢子の姿を見るなり、良子は「何だ、来たのか」というような顔をしてみせただけだが、小馬の方は、

「よかったわ。あなたが来てくれて――」

と、両手を取らんばかりに喜んでくれた。

「隣室《りんしつ》で震《ふる》えている女童《めのわらわ》がいたから、火をもらってくるように言いつけておいたわ」

良子が言う。

「こっちの方へやって来る人の気配がしたのよ」

「まあ、ここへも来るかしら」

小馬が不安そうな顔をする。

「来ても平気です。私が切り抜《ぬ》けるから、お二人は黙《だま》っていてください」

良子が自信をもって請《う》け合った。

だが、どうやら頼宗《よりむね》の言っていた蔵人《くろうど》たちは、そのまま廊下《ろうか》を通り抜けていったようで、温明殿《うんめいでん》の異常には気づかなかったようだ。

間もなく、火を取りに行った女童も戻《もど》ってきた。

その火を灯台《とうだい》に移して、良子は再び左衛門の内侍に呼びかけ始めた。

「左衛門の内侍さま。どうぞ、お気を確かに――」

目を覚ます気配はない。そこで、盥《たらい》に入れた水と布を女童に用意させ、それを額に押《お》し当ててはどうかという、小馬の案を試してみたところ、

「う……ううっ」

と、うめき声をあげながら、左衛門の内侍はようやく意識を取り戻《もど》した。

その目はまず、良子を見つけたらしい。

「そなたは先ほど、やって来た……」

と、呟《つぶや》くのをさえぎるように、

「何をおっしゃいますの、内侍《ないし》さま。私は内侍さまにお会いしたことなどございませんわ」

良子は大げさに聞こえるほどの言い回しで、驚《おどろ》いたふうに言った。

おそらく先ほどは偽名《ぎめい》でも使ったのだろう。今は本名を名乗る必要があったから、良子は先ほどの一件を徹底的《てっていてき》にごまかすことにしたようだ。

「私は、内侍司《ないしのつかさ》の修理典侍《すりのすけ》（基子《もとこ》）の娘《むすめ》で、皇太后《こうたいごう》さまにお仕えする中将《ちゅうじょう》にございます。ただ今、皇太后さまのお供をして宮中に来ておりますの」

良子はもったいぶった様子で、恐《おそ》れげもなく挨拶《あいさつ》した。良子が堂々としていればいるほど、左衛門《さえもん》の内侍は自分の記憶に自信が持てなくなってゆくようだ。

「はあ、修理典侍さまの……」

左衛門の内侍は上司の名を出されて、ますますあやふやな顔つきになった。

「内侍さまは、どこで私をご覧《らん》になったとおっしゃいますの」

「つい先ほど、ここへ道に迷ったと申してきた女房《にょうぼう》に、そなたがそっくりなのじゃ」

「そんなことはございませんわ。悪い夢でもご覧になったのではありませんか。あるいは、物《もの》の怪《け》にたぶらかされたとか」

良子はわざと大きな目をみはって言う。

物の怪と聞いた時、左衛門の内侍の顔がにわかにこわばったのを、良子は無論、賢子も小馬も見逃《みのが》さなかった。

「私ども、驚《おどろ》きましたのよ。私は母を訪ねてこちらへ参ったのですが、母はおらず、内侍さまが気を失って倒れていらっしゃったのですもの。あ、こちらにいるのは、私の同僚《どうりょう》の……」

良子が何も知らぬげに、賢子と小馬を引き合わせようとすると、二人に気づいた左衛門の内侍は、ぎょっとした顔つきになった。

「そちらの二人は知っておる。紹介《しょうかい》には及《およ》びませぬぞ」

左衛門の内侍は力をなくした声で、ささやくように言う。

まともに、賢子と小馬の顔を見ようともしないのは、さすがに自分のしたことを反省しているのか。あるいは、よほど物の怪に遭遇《そうぐう》した体験が恐《おそ》ろしかったのか。

「それにしても、お目覚めになってようございました。いったい何があったのか、話してくださいませんか」

一言も口をきこうとしない賢子と小馬に代わって、良子が座を取り持つように明るい声で言う。

「それでは、そなたたちが私を助けてくれたということなのじゃな」

思い出したように顔を上げ、左衛門の内侍は良子に目を向けた。

「い、いいえ、私たちはただ通りすがっただけですが……」

さすがにきまり悪くなったのか、良子が左衛門の内侍の目から逃《のが》れるように横を向いて言う。

「かたじけない！」

不意に、左衛門《さえもん》の内侍《ないし》は感極まった声を出して、良子の手を握《にぎ》りしめた。そして、誰《だれ》しも想像だに及《およ》ばなかったことだが、三人の前に頭を下げたのである。

「ど、どうなさいましたの？」

「命の恩人に感謝するのは、当たり前のこと。それに、越後弁殿《えちごのべんどの》に小馬殿よ。特に、小馬殿には済まぬことをしたのに、それも水に流してくれた。私を助けてくれた若い人の志には、まこと頭が下がりましたぞ」

あれだけ意地悪そうな目つきで、賢子を見ていたというのに、危機を助けられたと知るや、こうも態度が豹変《ひょうへん》するものか。

賢子はあきれた思いで、左衛門の内侍の変貌《へんぼう》を茫然《ぼうぜん》と見つめていた。

横から小突《こづ》くものがあるので、そちらへ目をやると、良子が得意げな顔をしている。

（どう、助けておいてよかったでしょう？）

とでも言いたげな眼差《まなざ》しが、小憎《こにく》らしくはあったが、確かに良子の言うとおりであった。

もちろん、左衛門の内侍へのわだかまりが完全に解けたわけではないが、こうして態度を改めた相手をいつまでも怨《うら》み続けるのも大人げない。

「そのことはもう、ようございます」

小馬が先に言った。

「そうでございましょう、越後弁殿」

うながされて、賢子もしょうことなしにうなずいた。

「ええ。ただ、淑景舎《しげいしゃ》の女御《にょうご》さまの怨霊《おんりょう》が、この小馬さまに憑《つ》いているとおっしゃった理由について、うかがわせていただきとうございます」

賢子がきっぱり言うと、

「確かに、私はそのように申した。夢見が悪かったのも、それを陰陽師《おんみょうじ》に占《うらな》わせたのもまことの話じゃ。陰陽師は物《もの》の怪《け》が宮中に入りこんでいると申した」

きまり悪そうな表情を見せながらも、意外にもはっきりと、左衛門の内侍は打ち明けた。

「それを連れこんだのが小馬さまだと、陰陽師は言ったのですか」

「いや、それは、この私の早とちりであった。もしかしたら、私が小馬殿に嫌《いや》がらせをしたと思うているかもしれぬが、それは違《ちが》う。本当に誤解であったのじゃ。ただ、それを噂《うわさ》の広まりやすいこの宮中で、安易《あんい》に人に話したのはまことに申し訳なかった」

その場しのぎのうそを言っているようには、とても見えない。

賢子は、左衛門の内侍がすべて仕組んだことと思いこんでいたが、それは違っていた。内侍は勘違《かんちが》いから、話に尾ひれをつけて噂のもとを作ったというだけである。

「それじゃあ、淑景舎の女御さまのお話はいったい、どこから……」

「それは、この半年ばかり、宮中に出ておるのでな。今に始まったことではない」

その後、聞かれもしないのに、左衛門《さえもん》の内侍《ないし》がぺらぺらとしゃべった話によれば――。

どうやら、宮中には半年前から、淑景舎《しげいしゃ》の女御《にょうご》を名乗る物《もの》の怪《け》が出没《しゅつぼつ》していたという。

それは集中的に皇后娍子《こうごうすけこ》の宣耀殿《せんようでん》に出没したらしいが、宣耀殿側が必死に隠《かく》していたこともあって、あまり大げさに取りざたされることはなかった。

お祓《はら》いもして、しばらく物の怪騒《さわ》ぎは収まっていたという。

そこへ、皇太后彰子《こうたいごうあきこ》が宮中にやって来た。間もなく、中宮妍子《ちゅうぐうきよこ》の具合が悪くなった。

すると、再び例の淑景舎の女御の物の怪が現れたという。今度は、藤壺《ふじつぼ》にも出没した。

左衛門の内侍が悪夢――どうやら藤の木が枯《か》れる夢だったらしいが――を見て、陰陽師《おんみょうじ》に夢解きをさせたのは、この頃《ころ》のことであった。

「内侍さまの夢は、中宮さまを苦しめる物の怪の出現を告げるもの。その正体とは、かの淑景舎の女御さまの物の怪じゃ」

と、陰陽師は夢解きしたらしい。淑景舎の女御の物の怪なら、かつてお祓いをして追い払《はら》ったのではないか、と左衛門の内侍が問いただすと、陰陽師は首をかしげた。

「一度、宮中の外へ追い払ったかの物の怪を、この宮中に連れこんだ者がいるのでしょう」

左衛門の内侍は、先ごろ、皇太后彰子の一行が宮中入りしたことを思い出し、この話と勝手に結び付けてしまったという。内侍の話をそこまで聞くと、

「だからって、どうしてそれが小馬さまってことに——」

賢子は憤然《ふんぜん》として、思わず抗議《こうぎ》せずにはいられなかった。

「だから、あれは私の思い込みだったのじゃ。淑景舎の女御さまが中関白家《なかのかんぱく》のお方ゆえ、つい小馬殿《どの》の顔を浮《う》かべてしもうた。それを人に言うたは軽率であったと、申したではないか。このとおりじゃ。のう、小馬殿よ。許してくだされ」

左衛門の内侍は必死になって言う。小馬の前で両手を合わせんばかりなので、

「それは、もうよいですから……」

と、小馬が言わねばならぬほどであった。

(今回のことはぜんぶ、この人の嫌《いや》がらせだと思ってたけど、そうじゃなかったんだわ)

賢子の疑念と怒《いか》りの念もようやくとけた。

「でも……」

話が一段落した時、小馬はふと眉《まゆ》のあたりを曇《くも》らせて呟《つぶや》いた。

「この物の怪騒《さわ》ぎで、淑景舎の女御さまのご名誉《めいよ》、ひいては、ご一族の方々のご名誉が傷つけられることになりはしないかしら」

淑景舎の女御の名誉——仮にも、三条《さんじょう》天皇の女御だった女性なのだ。不当にいやしめることは避《さ》けるべきである。

とはいえ、生前の人柄と死後の物の怪とは別のもの——というのが常識であったから、

たとえ淑景舎《しげいしゃ》の女御《にょうご》が怨霊《おんりょう》になっても、生前の女御を侮蔑《ぶべつ》することにはならない。

一度は怨霊として恐《おそ》れられた菅原道真《すがわらのみちざね》など、今は天神として祭られている。

だが、淑景舎の女御の血縁者たちは――。

もちろん何人もいる。高貴な身分の方々までも――。

いわゆる中関白家《なかのかんぱく》の血を引く者たちである。

まず、淑景舎の女御の兄弟に、中納言藤原隆家《ちゅうなごんふじわらのたかいえ》がいる。また、女御の兄に当たる故内大臣伊周《これちか》には、三人の子供たちがいた。

跡継《あとつ》ぎは道雅《みちまさ》といい、他に、伊子《いさこ》、周子《ちかこ》という年頃《としごろ》の娘《むすめ》が二人――。

本来ならば、藤原氏の嫡流《ちゃくりゅう》（直系）であった中関白家である。

伊周の娘たちは世が世であれば、道長の娘たちに代わって、中宮にも皇后にもなってい
ただろう。伊周はどんなに落ちぶれても、決してつまらぬ男には身を任すな、と娘たちに
言い残して、死んだというが……。

そして、淑景舎の女御の姉、一条《いちじょう》天皇の皇后定子《さだこ》の忘れ形見として、脩子内親王《のぶこないしんのう》と敦康《あつやす》
親王が生存している。

「もしかして……」

小馬の声が震《ふる》えていた。

物《もの》の怪《け》が本当に現れたかどうかは分からない。

だが、これがもしも仕組まれたものだとしたら——。

誰《だれ》かが中関白家の名誉《めいよ》を傷つけようとして、こんな噂《うわさ》を流したのだとしたら——。

その標的となってしまうのは、東宮《とうぐう》の座を逃《のが》したとはいえ、故一条天皇が跡継ぎに望んでいたという——、

（敦康親王さま！）

賢子と良子、それに小馬は互《たが》いの心の声を読み取っていた。

自分が腹を痛めた我《わ》が子への愛情とは別に、彰子《あきこ》が継子《けいし》である敦康親王を慈《いつく》しんでいることは、皇太后《こうたいごう》に仕える女房ならば、誰でも知っている。

彰子は、敦康の将来を案ずる夫一条天皇の心を汲《く》み、本心から敦康のことを心配していた。そして、一条天皇の希望のとおり、敦康にこそ天皇になってほしいと、心から願っていた。

（その敦康さまが危ない！）

誰も口には出さなかったが、同じ恐怖《きょうふ》を感じ取っている。

三人は互いに目を交わしながら、途方《とほう》にくれるほかなかった。

三

翌日になって、賢子《かたこ》と良子《よしこ》、それに小馬《こま》が内侍司《ないしのつかさ》の左衛門《さえもん》の内侍を物《もの》の怪《け》から救ったという武勇伝は、たちまち宮中の噂《うわさ》となった。

それは、皇太后彰子《こうたいごうあきこ》の耳にも入り、三人は特別に彰子から呼び出された。

ところが、お褒《ほ》めの言葉を頂戴《ちょうだい》するだけだろうと思っていると、不思議なことに、彰子は人払《ひとばら》いをしたのである。

賢子にも、彰子の真意は量《はか》りかねた。

良子と小馬も同じらしく、三人は顔を見合わせるばかりである。

――前夜、温明殿《うんめいでん》から帰ってから、三人は皆《みな》、部屋でぐっすり寝入ってしまい、特にこれという言葉も交わしてはいなかった。

賢子と良子は同室だが、淑景舎《しげいしゃ》の女御《にょうご》や中関白《なかのかんぱく》家の話題は一つも出なかった。

(おそらく淑景舎の女御さまの物の怪なんて、偽《いつわ》りだろうけれど、誰《だれ》かの企《たくら》んだ陰謀《いんぼう》なのだとしたら、事が大きすぎる……)

どうやって解決すればいいのか、それは賢子らの思案に余った。

だが、中関白家《なかのかんぱく》に縁《えん》のある小馬は、おそらく淑景舎《しげいしゃ》の女御《にょうご》と中関白家の名誉《めいよ》を回復したいと思っているだろう。

賢子とて、中関白家に恩義はないが、陰謀《いんぼう》を企《たくら》むような輩《やから》のやり方に憤《いきどお》りは覚えている。良子も同じようだ。

彰子《あきこ》からの呼び出しがあったのは、三人が目を覚まして、ようやく一段落したその日の昼過ぎだった。

「そなたたちの活躍《かつやく》については聞きました。左衛門《さえもん》の内侍《ないし》からも礼の言葉が届いております」

彰子は三人を御前《おまえ》に控《ひか》えさせ、最初に口を切った。

「おそれ入ります」

三人はそろって頭を下げた。

ところが、彰子の声には、あまり称賛《しょうさん》の響《ひび》きが感じられない。そのことが気にかかった。

「ところで、そなたたちは何ゆえ、あのような時刻に温明殿《うんめいでん》にいたのですか」

不意に、彰子が言い出した。どうやら、こちらが呼び出された本題のようである。

「それは、私が母を訪ねたためでございます」

昨夜と同様、良子が代表になって申し述べた。

「確かに、そなたが母を訪ねるのは不自然ではない。あの時刻ゆえ、同室の越後弁《えちごのべん》に付き添《そ》ってもらったというのも分かる。されど、別室の小馬まで引き連れてゆく必要があろうか」

「そ、それは、二人より三人の方が心強いと思いまして……」

「それほど怖《こわ》いのならば、夜が明けてからにすればよい。なるほど、それほど大事な急ぎの用だったということも考えられる。されど、そなたは左衛門の内侍を助けた後も、母を訪ねた形跡《けいせき》がない。夜が明けてからもじゃ」

彰子の言葉は秩序《ちつじょ》だっていて、付け入る隙《すき》がない。

「それは、その……」

良子がなおも言い訳を考えていたようだが、はっきりとした言葉にはならなかった。

聡明な賢子も、年上の小馬も、良子を援護《えんご》することはできなかった。

「よい。そなたを責めているわけではないのです。ただ、何ゆえ、昨夜、あの時刻に温明殿にいたのか、その理由《わけ》を知りたいと思うただけじゃ。話してくれますね。まことのことを――」

三人が本当に追いつめられたのは、この時だった。

左衛門の内侍はあっさりと良子の言葉に言いくるめられたし、三人に感謝までしたほどだから、これで切り抜《ぬ》けられると、三人とも信じていたのだ。世間をだまし通せると侮《あなど》ってもいた。

だが、どうやら彰子《あきこ》の目はごまかせないようだ。

とはいえ、真実を話すことはできない。

左衛門《さえもん》の内侍《ないし》に報復するため、物《もの》の怪《け》のふりをしておどそうとしたなどと、どうして雇《やと》い主である彰子に打ち明けることができるだろうか。そんな真似をする女房《にょうぼう》を、信用して雇い続けてくれるほど、彰子もお人よしではないだろう。

(何と、お答えしたものか)

賢子が冷《ひ》や汗《あせ》をかく思いで、考えをめぐらしていると、

「どうしても、言えぬというのであれば、私から言いましょう」

と、彰子が言い出した。

もしかして、彰子は昨夜の三人の企《たくら》みの内容まで、すでにつかんでいるというのか。

(まさか、頼宗《よりむね》さまがっ!)

賢子は一人うつむいて、目をつむった。

頼宗に会ったことは、良子にも小馬にも打ち明けていない。

だが、あの場の状況から考えて、頼宗ならば、賢子の企みに感づいていたとしても不思議ではない。その上、賢子が左衛門の内侍を助けたがらなかったことまで知っている。

(ああ、万事休すとは、まさにこのことだわ……)

賢子はすでにつむっていた目を、さらにきつくつむった——。

四

——そなたのように、軽はずみで考えなしの娘《むすめ》は見たことがない。この私の前から、消えてしまいなさい。

頭ごなしに賢子《かたこ》を叱《しか》っているのは、皇太后彰子《こうたいごうあきこ》の声か。それとも、母紫式部《むらさきしきぶ》のものか。

二人の声が重なって、賢子の頭の中を駆《か》けめぐっている。

——お許しくださいまし、皇太后さま。二度と軽はずみな真似《まね》はいたしませんから、御所《ごしょ》に置いてくださいませ。

——許して、お母さま。二度とお母さまにご迷惑《めいわく》をかけないから、賢子を捨てないで。

賢子は心の中で必死に謝った。

彰子と母の二人に見放されてしまったら、何を支えに生きていったらいいのだろう。

自分自身を支える芯《しん》のようなものが、ぽきっと折れてしまうような頼《たよ》りなさを覚え、賢子は思わず泣き出しそうになった——。

「そなたたちは——」

その時、彰子の声が耳に飛びこんできて、賢子ははっと我に返った。

「宮中に出没《しゅつぼつ》する物の怪《もののけ》の正体を探ろうとしていたのでしょう?」

彰子《あきこ》の声は悪戯《いたずら》っぽい少女のように、明るくはずんでいる。

(えっ……?)

賢子は思わず目を開けて、顔を上げた。ぽかんと、彰子の顔を見つめてしまう。

「やはり、そうだったのですね」

賢子の反応——残る二人も同じようなものだったのだが——を見て、彰子はいっそう自分の考えに確信を持ったようだ。

「この宮中に半年も前から、淑景舎《しげいしゃ》の女御《にょうご》の物の怪が出没しているとのこと、そなたたちも聞いていたのじゃな」

「は、はい」

三人は一様にうなずく。

実は、それを知ったのは昨夜のことだが、彰子は三人がそれ以前から知っていたように誤解しているようだ。もちろん、その誤解は正さないでおく。

「私はもうしばらく、宮中に留《とど》まることに決めました」

彰子は急に話題を変えた。

「そなたたちは、かの物の怪を何者かの仕業《しわざ》だと考えたのであろう。私も同じじゃ。おそらくは、中関白家《なかのかんぱく》の名誉《めいよ》を傷つけようとする何者かがいる。この一件をこのまま放置しておくわけにはいきますまい。中宮《ちゅうぐう》に後事《こうじ》を託《たく》すことも考えましたが、あのようにお加減が悪くおなりなので、さような頼《たの》みごともできなくなりました」

「で、では、皇太后《こうたいごう》さまは中宮さまの御病《おんやまい》は、物の怪とは関わりないとお思いでございますか」

賢子は思わず口をはさんでしまった。

「関わりありませぬ」

彰子はきっぱりと言った。

「淑景舎の女御の物の怪などいるはずもないし、何者かが作り出したに違《ちが》いあるまい。そこで、私はそなたたちに命じようと思います。物の怪の正体、もしくはこの噂《うわさ》を流している者の正体を突《つ》き止めなさい。そうすることでしか、中関白家の名誉は守れぬであろう」

「さ、されど、さように大事なお役目を、なぜ若輩《じゃくはい》の私どもに……」

良子《よしこ》が思わぬ事態におののきながら、震《ふる》える声で問う。

「なぜといって、昨夜のそなたたちの度胸と心意気に感じ入ったからじゃ。それに、中関白家に縁《えん》のある小馬《こま》は、心からこの役目に励《はげ》んでくれよう。また——」

彰子はいったん言葉をおくと、賢子、小馬、良子と順ぐりにその顔をじっと見つめながら、

「そなたたちは皆《みな》、立派な母を持っておるからじゃ」

と、続けて言った。

「その母に育てられたそなたたちであれば、見事な働きをしてくれよう。母の名に恥《は》じぬよう、心して励《はげ》みなさい」

「かしこまりましてございます」

三人はそろって、感にたえた様子で頭を下げた。

信頼《しんらい》してくれる主人彰子《あきこ》の期待に応《こた》えたい――小馬と良子はともかく、賢子がそう思ったのはこれが初めてのことであった。

「また、小馬よ」

最後に、彰子は小馬にだけ目を据《す》えて言った。

「私は中関白家《なかのかんぱく》が衰《おとろ》えるのをくい止めたいと、心から思っております。たとえ我《わ》が父左大臣が、その衰退《すいたい》を望んでいたとしてもじゃ。哀《あわ》れみや積善《せきぜん》（善行を積むこと）の心からではない。ただ、我が子と思う敦康《あつやす》の将来を案ずるがゆえのこと。この母としての私の心を、そなたは決して疑ってはなりませぬぞ」

「肝に銘《めい》じます、皇太后《こうたいごう》さま」

小馬は恭《うやうや》しく頭を下げた。

（皇太后さまはご立派なお方だ）

ただ若々しく、お美しいお方――と思っていただけの女主人を、賢子は改めて見直す思いであった。

（心からお仕えしたいと思うお方を持つというのは、こんなにも心躍《おど》るものだったのか）

母もそうだったのだろうか。

その時ふと、賢子はしばらく会っていない母の心中に思いを馳《は》せた。

そんなことは、宮仕《みやづか》えに出てから初めてのことであった。

第五章　賢子借りを返す

一

彰子《あきこ》の御前《おまえ》から下がった三人は、ひとまず賢子《かたこ》と良子《よしこ》の部屋に集まり、対策を講じることになった。二人で使う相部屋だが、ふつうに歓談《かんだん》するだけならば、四、五人は入ることができる。

小馬《こま》の部屋には小式部《こしきぶ》がいるので、当然、秘密の話を交わすことはできない。

ところが、いったん自分の部屋に戻《もど》った小馬が、賢子と良子の部屋にやって来た時、驚《おどろ》くべきことに小式部が一緒《いっしょ》にくっついて来た。

「ちょっと、あなたなんか呼んだ覚えないわよ」

良子が眉《まゆ》を険しくして言う。

「それがね。どうしても話したいことがあるから、自分も連れていってくれというのよ」

小馬が言い訳するように説明した。

「私たちはこれから大事な話をするの。悪いけれど、後にしてくれないかしら」

賢子もむかっ腹を立てて、小式部をにらみ返した。

せっかくの昂揚《こうよう》した気分が、不愉快《ふゆかい》な女のために台無しにされてしまう。

ところが、小馬を言い負かしただけあって、小式部は簡単には引き下がらなかった。

「私の話が、あなたたちの大事な話とやらに関わるとしたら、どうかしら?」

小式部は相変わらずの舌足らずな言い方で、挑《いど》むように言う。それが全然つり合っていないのだが、そういう時、なぜか小式部は輝《かがや》いて見える。

賢子がいらいらさせられるのは、小式部のそういうところだ。

「どうして、あなたが私たちの話の内容を知っているのよ」

賢子は立ち上がって、戸口のところまで行き、突《つ》っかかるようにして言った。

すると、小式部はふふっと笑いながら、

「そんなの、例の淑景舎《しげいしゃ》の女御《にょうご》さまの物《もの》の怪《け》の話に決まっているもの」

と、からかうように言う。賢子の頰《ほお》がたちまちこわばった。

「皇太后《こうたいごう》さまのお話だって知ってるわ。その物の怪の正体を明かせ、っていうんでしょう」

「あなた、まさか、どっかで盗《ぬす》み聞きでもしてたっていうの」

「人聞きの悪いことを言わないで」

小式部は豊かな黒髪《くろかみ》が重くてたまらない、といった様子で、頭を振《ふ》ってみせた。

その途端《とたん》、ふんわりと甘《あま》い香りが、賢子の鼻先までただよってくる。香を薫《た》きしめているのだろうが、その匂《にお》いまでがいかにも小式部らしい甘ったるい香りで、賢子の腹立たしさはよけいに募《つの》った。

「聞いていなくたって、想像はつくのよ」

小式部は、賢子をばかにするような目で見つめながら言った。

「それに、あなたたちが偶然《ぐうぜん》通りかかって、左衛門《さえもん》の内侍《ないし》を助けたなんてうそ。本当は左衛門の内侍をおどかしに行ったんでしょう?」

「どこに、そんな証拠《しょうこ》があるのよ」

「盗《ぬす》み聞きだの、証拠だのって、うるさい人ね」

小式部はせせら笑うように言った。

「証拠なんかなくたって、あなたのおめでたい頭の中を想像すれば、簡単に分かるのよ」

「ちょっと!　それ、どういう意味よ」

賢子が小式部の髪でも引っつかみかねない勢いで、一歩、足を前に踏み出そうとした時であった。

「まあまあ、二人とも」

間に割って入ったのは、小馬であった。

「話もしないうちから、そういがみ合うことはないでしょう。大体、小式部殿《どの》は私たちの手助けをしたいと、さっきは言っていたじゃないの。これじゃあ助けるどころか、越後弁《えちごのべん》殿を怒《おこ》らせるためだけに来たみたいよ」

まず、小式部に向かって言う。小式部はさすがにきまり悪そうに、ぷいと横を向いた。続けて、小馬は賢子に向かうと、

「話も聞かないうちから、小式部殿の心を疑うものではないわ。小式部殿に力を貸してもらうのが嫌《いや》だというのなら、話を聞いてから出ていってもらっても遅《おそ》くはないはずよ」

と、諭《さと》すように言った。

賢子はふてくされた顔のまま、返事はしなかったが、戸口をふさぐように立っていたその場所から離《はな》れ、再び部屋の奥《おく》に戻《もど》った。

小馬は小式部を中に入れてから、自分も部屋に入ってきて座った。四人が円になるように、小式部の席を決めてやり、ご親切にも座るように勧《すす》めている。

その間、小式部と仲の悪い賢子と良子は、ずっと黙《だま》りこくっていた。

「まずは、小式部殿がここへ来たいと言った理由を、お二人にも聞かせてあげるべきじゃないかしら」

小馬が最初に口を開いた。

小式部もさすがに気分を害しているのか、なかなかすなおに切り出そうとしない。

「小式部殿はね、私たちのしようとしていることを、だいたい察しているわ。それに、淑《し》景舎《げいしゃ》の女御《にょうご》さまの物《もの》の怪《け》についても、ずっと前から知っていたのですって」

代わって、小馬が説明している。

「ずっと前からって、そんなに宮中で噂《うわさ》になっていたの？」

つられたように、良子が口を開く。

「あなたたちみたいに、女同士でしか言葉を交わさない人とは違《ちが》いますもの」

小式部が言い返した。

「何ですって！」

今度は良子が声を荒《あら》らげる。

「もうおやめなさいよ」

再び小馬が割って入った。

「そんなことを言うために、ここへ来たわけじゃないでしょう？」

小馬に言われて、さすがに反省したのか、小式部は、

「あなたたちの計画には、もともと宮中のことをよく知っている人の力が必要なんじゃないかって思っただけよ」

と、ようやく本題に入り始めた。

「私もそれを聞いて、はっと思ったの。私たちは皆《みな》、宮中では余所者《よそもの》だわ。宮中の人たち

も、余所者《よそもの》の私たちには口がかたくなるかもしれない。だから、小式部殿《どの》の力も必要なんじゃないかって――」

小馬が小式部を援護《えんご》するように言い添《そ》える。

「それなら、私の母上がいるわ。母上は宮中で暮らしているんだもの。それに、宰相君《さいしょうのきみ》もいるし、左衛門《さえもん》の内侍《ないし》だって、今では私たちに力を貸してくれるはず」

良子が自信ありげに言い返した。すると、

「分かってないのね」

小式部は大人ぶった口ぶりで言い、小さくため息を漏《も》らした。

「いい、これはお遊びじゃないのよ。物《もの》の怪騒《けさわ》ぎを起こしている人は、悪戯《いたずら》や軽い気持ちでやっているわけじゃない。おそらく政《まつりごと》がからんでいるのよ。下手に関わったら身に危険が及《およ》ぶことだって、ないわけじゃないんだから……」

「身に危険が及ぶ、ですって……」

おびえたように、良子が呟《つぶや》いた。

「私はいいわ、それでも――」

その時、賢子が初めて割って入った。

「怖《こわ》いと思うなら、中将君《ちゅうじょうのきみ》（良子）はやめればいい。別に、皇太后《こうたいごう》さまに告げ口なんてしないから。でも、私はやるわ。小馬さまもそうでしょう？　中関白家《なかのかんぱく》とは浅《あさ》からぬご縁《えん》が

うのよ」

「とにかく、そんな大それたことをやろうとしているのなら、男の人の助けが必要だと思
あわてた様子で、良子が言う。すると、それを待ちかまえていたかのように、小式部が、

「ま、待ってよ。私だって、やらないなんて言ってないじゃない。ちょっと驚《おどろ》いただけよ」

小馬はいつになくきっぱりとした口調で言った。

「ええ、もちろんよ」

あるんですから……」


と、言い出した。

「男の人……？」

賢子と良子は、あっけに取られたような表情を浮《う》かべた。

「私はそう聞いて、もっともだと思ったわ。男の方が加わってくだされば、危険もずいぶん避《さ》けられると思うのよ」

小馬がとりなすように言う。またもや小式部が余計な口をきいて、賢子や良子を怒《おこ》らせる前に話をまとめてしまおうと、小馬は必死である。

ところが、その心にも気づかぬのか、小式部は、

「どうせ、あなたたちのことだから、頼《たよ》りになる殿方《とのがた》なんて、一人も思い浮かばないんでしょうよ。だからね」

と、口をはさんだ。が、今度は賢子や良子が怒《おこ》り出すより早く、

「あなたたちとはいったん休戦してあげる。頼《たよ》りになる殿方《とのがた》を何人か、紹介《しょうかい》してあげるわ」

と、どことなく得意げな口ぶりで続けた。はらはらする小馬の前で、

「まさか、頼宗《よりむね》さまじゃないでしょうね」

意外にも静かな声で、賢子が訊《き》き返した。

「ばか言わないで。あの方は仮にも右近衛中将《うこのえのちゅうじょう》で、左大臣さま（道長）のご子息《しそく》なのよ。こんなばかばかしいことに付き合わせるなんて、できるものですか。もっと若輩者《じゃくはいもの》に手伝わせるのよ」

「若輩者って――？」

興味を惹《ひ》かれた様子で、良子が尋《たず》ねた。

「右中弁《うちゅうべん》の藤原定頼《ふじわらのさだより》さまと蔵人《くろうど》の源《みなもとの》朝任《あさとう》さまで、我慢《がまん》するのね」

小式部が言うのに、良子はあまり喜びを見せなかった。

「朝任さまはもう二十四歳におなりだし、落ち着いたお人柄《ひとがら》でもいらっしゃるけれど、定頼さまはちょっとおっちょこちょいよ」

良子は、定頼の人選に不満そうだ。

「でも、あの四条大納言《しじょうだいなごん》公任《きんとう》さまのご長男だし、まるきり使いものにならないこともないでしょう。第一、あんまり切れ者を仲間に入れると、変に勘《かん》を働かせて、皇太后《こうたいごう》さまの意

図にまで気づいてしまうかもしれないわ。それはまずいでしょ?」

小式部の言葉に、良子はもう逆らわなかった。

賢子は、朝任も定頼も知らない。唯一《ゆいいつ》、知っている名前は公任であった。

藤原公任は若い頃《ころ》から、その秀才ぶりがいくつもの逸話《いつわ》で知られていた。

今の左大臣道長の父兼家《かねいえ》には、道長の他に、道隆《みちたか》、道兼《みちかね》という息子がいたが「私の三人の息子たちは、公任の影《かげ》さえ踏《ふ》むことができない」——つまり、公任の才能には遠く及《およ》ばない——と言って嘆《なげ》いたという。この時、道隆と道兼は恥《は》ずかしそうにうつむいていたが、末弟《まってい》の道長だけは「それなら、私はいつか公任の顔を踏みつけてやる」と言い返したのだとか。

また、ある船遊びの席で、漢詩、管絃《かんげん》(音楽)、和歌の船が用意されていた。出席者はそれぞれ得意分野の船に乗り、その芸を競い合う趣向《しゅこう》である。多才の公任がどの船に乗るか、人々は注目した。結局、和歌の船に乗り、見事な歌を詠《よ》んで拍手喝采《はくしゅかっさい》を浴びたが、本人は「やはり漢詩の船に乗って、これくらいの詩を作ればよかった」と嘆いたとか。

そこから、何でもできる公任の有能ぶりは、「三船《さんせん》の誉《ほま》れ」などともてはやされた。

そんな秀才《しゅうさい》を父に持つ息子が、こうも女たちから信頼《しんらい》されていないのも、不思議な話である。

「その方たち、頼りになるんでしょうね?」

少し心配になって、賢子は小式部に念を押《お》した。

「それは、ご自分で見てから判断してちょうだい」

としか、小式部は言わない。

「じゃあ、ひとまずこの件は小式部殿《どの》に任せるとして、私たちはそれまでにできることをしておきましょうよ」

と、小馬が言ったので、話題は移った。

「まずは、物の怪《もののけ》が出たという場所と日時を、できるだけ正確に知る必要があると思うわ」

賢子が思っていたことを口にすると、良子と小馬はおもむろにうなずいてみせる。

「そこから、物の怪に扮《ふん》する者がいるのか、それとも、ただの噂《うわさ》だけなのか、それが分かると思うの」

「物の怪を見たっていう人がいたら、話を聞いた方がいいわね」

良子の言葉に、今度は皆《みな》がうなずいた。

「これは想像だけれど、淑景舎《しげいしゃ》の女御《にょうご》さまの物の怪を名乗る以上、現れるのは後宮《こうきゅう》だと思うのよ。第一に考えられるのが、ご本人が住んでおられた淑景舎。次に考えられるのが、中宮《ちゅうぐう》さまの藤壺《ふじつぼ》と皇后《こうごう》さまの宣耀殿《せんようでん》。特に宣耀殿には物の怪が出ていたって、あの左衛門《さえもん》の内侍《ないし》も言っていたわ」

賢子の言葉に何度もうなずいた後で、

「それじゃあ、この二つにしぼって、話の聞き取りをしましょう」

と、小馬が言った。

「藤壺ならば、母上の伝手《つて》を頼《たよ》って、聞き出せる人を探せると思う」

と、良子が言う。誰《だれ》も伝手を持っていないのが宣耀殿だが、

「中関白家《なかのかんぱく》の中納言隆家《ちゅうなごんたかいえ》さまが、宣耀殿さまの皇后宮大夫《こうごうぐうのたいふ》(皇后のための役所の長官)でいらっしゃるから、その縁《えん》を当たってみるわ」

と、小馬が難しいところを引き受けてくれた。

「私は、伝手もないから、宰相君《さいしょうのきみ》さまにお尋《たず》ねするくらいしかできないけれど……」

こんな時、新人は役に立たない。賢子の少しうつむき加減《かげん》になった言葉に、

「誰もが得意なことをすればいいのよ。あなたは作戦を立てるのね」

と、言い出したのは意外にも小式部であった。

案外、悪い女ではないのかもしれない――賢子は初めて小式部をそう思った。

二

数日後、一同は再び集まった。

この時は、藤原定頼《ふじわらのさだより》と源朝任《みなもとのあさとう》も顔をそろえている。が、今度は前の会合よりもずっと広い部屋であった。

というのも、こうなってから、小式部《こしきぶ》と小馬《こま》は賢子《かたこ》たちの隣《となり》へ引っ越してきたのである。頼《たの》みこんで、部屋を取り替《か》えてもらったのだ。

そこで、定頼と朝任を呼ぶことになったこの日、互《たが》いの部屋の間にある仕切りを外して、一つの部屋にしたのである。

だから、六人が顔をそろえて座っても、決してせまくはなかった。

(源朝任さまは確かに落ち着いていらっしゃるけれど……)

二十四歳《さい》の朝任は、三条《さんじょう》天皇の御世《みよ》になって蔵人《くろうど》に抜擢《ばってき》され、仕事の方も上り調子であるためか、静かな自信のようなものがうかがえる。鼻の下にだけ短い髭《ひげ》を生やしているのが、どことなく大人びて見え、風貌《ふうぼう》も穏《おだ》やかで洗練されていた。

一方、定頼は若い。

十八歳《さい》だというが、一歳年上の小馬が並んで座ると、小馬の方が五つも年上に見えてしまう。

確かに家柄《いえがら》はいい。父親も申し分ない。

だが、そういう出来のいい父親には決して敵《かな》わないという引け目の裏返しなのか、とかく言動が軽薄《けいはく》なのだ。

「いやいや、こんなに美しい女人《にょにん》たちに囲まれ、そのお役に立てるというのは、男冥利《おとこみょうり》に尽《つ》きるというもの。こんな美女たちの頼《たの》みごとであれば、どんなことでも聞いてしまいますよ。ねえ、朝任殿《どの》」

初対面の席からこういう具合なのであった。

色白の肌《はだ》に、鼻と口の間が長いため、どこか寂《さび》しい兎《うさぎ》のような顔に見える。その顔で、にこにこと愛想《あいそ》よく笑っているのは憎《にく》めないのだが、頼《たよ》りになりそうではない。

男たちは、物《もの》の怪《け》の騒《さわ》ぎについてつまらぬ嫌疑《けんぎ》をかけられた小馬のため、皆《みな》が力を合わせてその真相を明かすつもりだと聞かされていた。二人とも、それを疑っていない様子である。

その席では、まず小馬と良子《よしこ》がそれぞれ探ってきた物の怪について、細かく報告した。

それによれば、先に左衛門《さえもん》の内侍《ないし》が言っていたように、確かに半年前から宣耀殿《せんようでん》に物の怪は出没している。

小馬が聞いたところ、ほぼひと月に二回から三回の割合だったという。物の怪に出くわしたという者の話では、物の怪は自ら淑景舎《しげいしゃ》の女御《にょうご》と名乗り、今も三条天皇の寵愛《ちょうあい》を受け続ける娍子《すけこ》への怨《うら》みつらみを述べるらしい。

「物の怪といえば、誰かに乗り移ることもあると聞くが、そういう話はないのですか」

朝任が口をはさんで訊《き》いた。

「いいえ、そういうことはありません。物《もの》の怪《け》は必ず外から現れ、女物の唐衣《からぎぬ》を召しているのだとか」

小馬はそう報告した。

「唐衣……」

賢子が呟《つぶや》いたのを、その場にいた者は誰《だれ》も気に止めなかった。

話はそのまま、中宮《ちゅうぐう》の藤壺《ふじつぼ》に移った。藤壺に物の怪が現れたのは、どうやら中宮妍子《きよこ》が具合を悪くした頃《ころ》と一致《いっち》している。

「それ以前には、ただの一度も現れなかったのかしら」

小馬の問いかけに、良子はうなずいた。

「聞いた限りでは、なかったみたいです。その上、藤壺の女房《にょうぼう》たちは宣耀殿《せんようでん》の物の怪騒《さわ》ぎも、つい最近まで知らなかったそうですよ」

「しかし、物の怪と中宮さまのご病気が関わっているのなら、これは本当に力のある物の怪なんじゃないだろうか」

定頼《さだより》が間《ま》の抜《ぬ》けたことを言う。

この物の怪騒ぎが何者かの仕業《しわざ》だという前提すら、理解していないらしい。誰も定頼に取り合おうとしなかった。

「私が聞いて回ったところでは、淑景舎《しげいしゃ》に出たという噂《うわさ》も特にないようね」

最後に、小式部が言った。

「それじゃあ、淑景舎の線は消すとして、あとは宣耀殿と藤壺を見張るしかないわね」

賢子はそう切り出した。

「見張る――?」

定頼と良子が同時に大きな声を上げた。

「一晩中じゃないわ。今の話からして、物の怪は子《ね》の刻《こく》(午前零時頃)より前の深夜に現れることが多いみたい。だから、これから毎晩、藤壺と宣耀殿を交替《こうたい》で見張るのよ」

「一人で見張るわけじゃないわよね?」

良子が恐《おそ》ろしそうに尋《たず》ねる。

「それはいざという時に危険があるから、二人ずつの組を作って、二日見張って一日休む、こういう順番で回せばいいと思うの」

「それで、いいと思うわ」

即座《そくざ》に小式部が賛成した。それから、朝任《あさとう》にちらっと目を向けて微笑《ほほえ》むと、すかさず言う。

「なら、二人ずつの組だけれど、私は朝任さまと組ませていただくわね」

「どうして、そういう組み合わせになるのよ」

良子が憤然《ふんぜん》として口をはさんだ。

「だって、間《ま》の抜《ぬ》けた中将君《ちゅうじょうのきみ》（良子）は面倒見《めんどうみ》のよい小馬さまと組まなければ――。当然、しっかり者の越後弁《えちごのべん》が、定頼《さだより》さまの面倒を見るんでしょうし……」

「何それ、もう決まっているっていうの？」

良子の抗議《こうぎ》の声に続けて、賢子も黙《だま》ってはいられなかった。

「そうよ。どうして、私が定頼さまと……」

「あら、これが一番いい組み合わせだと思ったんだけど……。だって、同じ部屋を使っている小馬さまと私、中将君と越後弁が組むわけにいかないじゃないの。何かあった時に、ごまかす人が必要なんだから――」

そう言われれば、それに逆らうだけの理由はない。

「だったら、定頼さまと中将君が組む方がいいのかしら」

小式部がふふっと笑って言うのへ、

「私、やっぱり小馬さまと組ませていただくわ！」

良子が間髪《かんはつ》を容《い》れずに言った。

「私は別にいいですよ。越後弁と組ませていただきましょう」

定頼がにこにこ笑って言う。

（なんで、私がよりにもよって、この男と……）

賢子は、何かとんでもない重荷を背負わされた気分であったが、

「分かりました……」

と、力なくうなずくよりほかなかった。

「それにしても、これで物《もの》の怪《け》が出なかったらどうするの。いつまでも続けるわけにはいかないのだし……」

組み合わせが決まったところで、小馬が言い出した。

賢子は気を取り直してうなずき返す。

「ええ、あと二日で師走《しわす》（十二月）入り。あまりのんびりもしていられません。そこで、見張りを行うと同時に、物の怪をおびき寄せる方策も講じておいた方がいいと思うの」

「物の怪をおびき寄せるなんてことができるのか？」

またもや定頼が不適切な質問をした。賢子はそれを無視して、

「わざと人を少なくして、物の怪が出やすいようにするのです。ただ、これが使えるのは一度きり。あまり何度も機会を与《あた》えれば、こちらの思惑《おもわく》にも気づかれるから。つまり、それを中宮《ちゅうぐう》さまの藤壺《ふじつぼ》にするか、皇后《こうごう》さまの宣耀殿《せんようでん》にするか、そこが迷いどころなのだけれど……」

「それなら、藤壺がいいわ」

即座《そくざ》に良子が言った。

「中宮さまならば、いざという時、皇太后《こうたいごう》さまがとりなしてくださるでしょうし、事前に

中宮《ちゅうぐう》さま付きの女房《にょうぼう》たちに含《ふく》ませておくこともできるもの。でも、宣耀殿《せんようでん》の場合、下手なことをすれば、大事《おおごと》になるわ」

ここには、宣耀殿の皇后《こうごう》と深いつながりのある者がいない。

万一、宣耀殿に物《もの》の怪《け》をおびき寄せたのが、皇太后《こうたいごう》に仕える女房《にょうぼう》だと皇后側に知られれば、彰子、ひいてはその妹である中宮妍子《きよこ》の立場が悪くなりかねないのである。

それでも、賢子は、

「いいえ、宣耀殿にしましょう」

きっぱりと言った。

「どうして――?」

抗議するように、良子が叫《さけ》んだ。

「きっと藤壺《ふじつぼ》には、もう物《もの》の怪《け》が出ないからよ」

一語一語を区切るようにしながら、賢子は言う。その目は確信に満ちていた。

「どうして、そんなことが分かるのよ。それに、そうと分かっているなら、藤壺に見張りを置かなくたっていいじゃないの」

「絶対にそうだと言い切れない以上、万一のことを考えて、見張りは置くの。でも、どちらか一方にしか罠《わな》を張れないのなら、宣耀殿の方が確かだと思う」

「でも、宣耀殿の方が確かだという理由を言ってくれなくちゃ、納得できないわよ」

良子もなかなか退《ひ》こうとしない。

「それは……」

賢子が口を開きかけると、

「越後弁殿《えちごのべんどの》がおっしゃるのに、私は賛成ですよ」

朝任《あさとう》がその時、会話に割って入った。

「先ほどのお話でも、宣耀殿の方に物の怪が出没《しゅつぼつ》する数が多かった。見込みの高そうな方に賭《か》けるのは当たり前でしょう」

朝任は賢子に向かって、ほんの少し口もとをほころばせてみせる。

頼宗《よりむね》には遠く及《およ》ばないものの、上品な顔立ちが笑うと親しみやすくなり、賢子はほのかに温かな気持ちになった。

「分かりました。私もそれでかまいません」

小馬が続けて言い、結局、この賢子の案が取り上げられることになった。

「とはいえ、宣耀殿の御殿《ごてん》にいる人々を、外へ出す方法でもあるのですか」

朝任が続けて言う。

「これは、皇太后さまにお願いするしかないけれど……」

彰子から、宣耀殿の皇后娍子《すけこ》――本人が難しければ、せめてその女房たちだけでも、理由をつけて呼び出してもらうよりほかに方法がない。

「管絃《かんげん》の宴《うたげ》か、月見、雪見といったところでしょうか」

といっても、生憎《あいにく》、雪は降っていないし、月も月末から月の初めにかけては見栄えがしない。そのことは、四人の女房《にょうぼう》たちから彰子《あきこ》に頼《たの》むということで、話が終わった。

見張りの際は、人目を忍び、目立たぬ格好をしなければならない。だが、男たちは宮中では一目で官位の分かる格好をしていたから、見張りにつく前に、女房たちのどちらかの部屋で普段着《ふだんぎ》に着替《きが》えてもらうことにする。

では、さっそく明日の夜から見張りを行おうということで、明日は藤壺《ふじつぼ》に小馬と良子が、宣耀殿《せんようでん》に小式部と朝任《あさとう》がつめることになった。

「我々の任務は明後日の夜からですか」

賢子と定頼《さだより》は明後日、藤壺の当番である。定頼は賢子にうれしそうな笑顔を向けた。

「いやあ、あなたのようなかわいい人と、二人きりで夜を過ごせるなんて楽しみだなあ」

のんきなことを言っている。

「寒空の下に立つのですから、お風邪《かぜ》など召《め》しませぬよう、お気をつけあそばせ」

賢子は冷えた声で、ぴしゃりと言い返した。

三

五日が経《た》った。

進展はなく、物《もの》の怪《け》は現れない。

そして、師走《しわす》の三日――この日の夕刻には、皇太后彰子《こうたいごうあきこ》が、皇后娍子《こうごうすけこ》とその女房《にょうぼう》たちを招待することになっている。これは、賢子《かたこ》たちが彰子に頼《たの》んで実現した。

三条《さんじょう》天皇に御物《ぎょぶつ》の笛「青竹《あおたけ》」を見せてもらったお返しに、娍子に琵琶《びわ》の名器「無名《むみょう》」を披露《ひろう》するという名目だった。

一応、中宮妍子《ちゅうぐうきよこ》も誘《さそ》ったが、体調不良を理由に断られたということになっている。その方が娍子の側も誘いに乗りやすいだろうという、彰子の配慮《はいりょ》であった。

そして、この日、人の少なくなった宣耀殿《せんようでん》の御殿《ごてん》を見張るのは、賢子と定頼《さだより》の組である。

物《もの》の怪《け》とて、人の少ない方が出やすいだろうが、まったく人に見られなければ意味がない。二人が見張り場所に選んだのは、庭に面した母屋《おもや》の階《きざはし》（階段）の下であった。

庭に人影《ひとかげ》はないが、ここで何か不審《ふしん》な声でも上げれば、母屋から留守番役の女房《にょうぼう》たちが飛び出してくるだろう。

「いやあ、今夜は大事な夜だね」

両手をこすり合わせながら、定頼《さだより》が言う。

「この大事な夜に、あなたと二人、当番になれて、私はうれしい」

（私は、この日、ここに当たらなければいいと思っていたけれど……）

賢子は口には出さず、心の中だけで返事をした。

（この大事な夜に、あなたがへまでもしたら、どうなるのよ）

とは思ったものの、口に出しては、

「万一、物《もの》の怪《け》が現れたら、うまくつかまえてくださいね。定頼さまが頼《たよ》りですわ」

と、賢子は言った。

「ああ、それは任せてください。人騒《ひとさわ》がせな物の怪なんぞ、一撃《いちげき》でのしてやりますよ」

賢子の不安など気づくそぶりもなく、定頼は実に安易《あんい》な様子でうなずいた。

その気楽さが逆に賢子の不安を誘《さそ》うものの、それ以上、しつこく念を押《お》すわけにもいかない。

「私が宣耀殿《せんようでん》の女房《にょうぼう》のふりをして、物の怪が出たと適当に騒いでみせます。その隙《すき》をついて、物の怪をとらえてください」

賢子がささやくようにそう言った後、二人は沈黙《ちんもく》した。

冬なので辺りはすでに暗いが、時刻はまだ酉《とり》の刻《こく》（午後六時頃）を回ったくらいだろう。

西の空には沈《しず》みかけた三日月がある。

賢子は黙《だま》って月を見つめていた。

もしこんな夜、こうして一緒《いっしょ》に月を眺《なが》めるのが、恋《こい》しい人であれば、どんな気分がするものなのだろうか。

(私はまだ、頼宗《よりむね》さまとご一緒に月を眺めたことさえない)

ふっと感傷的な気分に駆《か》られる。一人で見る月は物思いを呼ぶ魔力《まりょく》があるらしい。

賢子は傍《かたわ》らに定頼のいることを忘れていた。

その時、月に雲がかかった。

「あっ」

小さく呟《つぶや》いた賢子の声を聞きとめたのだろう。

「そういえば、雲隠《くもがく》れする月を詠《よ》んだお母上の歌がありましたな」

定頼は言った。


めぐりあひて見しやそれともわかぬ間に　雲隠れにし夜半《よは》の月かな

——昔なじみの人と再会して、本当にその人かどうか確かめられないうちに、あの人は帰ってしまった。雲が真夜中の月を隠《かく》してしまうように——。

母紫式部《むらさきしきぶ》の作った歌である。賢子も好きな歌であった。

「私の父公任《きんとう》が、同じ題材で詠《よ》んだ歌があります」


今はただ君が御蔭《みかげ》をたのむかな　雲隠《くもがく》れにし月を恋《こ》ひつつ

「もっとも、ここで言う月とは、死んだ祖父を言うのですが……。守ってくれる親を亡《な》くした私の父が、左大臣（道長）に贈《おく》った歌なのですよ」

どことなく卑屈《ひくつ》な調子で、定頼《さだより》は言った。

——今はただ道長さまのお助けに頼《たよ》るしかありません。雲に隠れた月——亡くなってしまった我《わ》が父をしのびながら……。

定頼の父公任は若い頃《ころ》、その才能を道長の父兼家《かねいえ》から称賛《しょうさん》された。

それなのに、将来、道長に媚《こ》びるような歌を贈る羽目《はめ》になったのを、公任自身はどう思っていたのか。そして、定頼はどう思っているのだろう。

「私の父は、皆《みな》が言うように優秀《ゆうしゅう》な人ですよ。その父でさえ、左大臣の権勢《けんせい》にはこうして媚びた。その息子の私はどうです。とうてい父には敵《かな》わない凡人《ぼんじん》だ。この私が父の跡《あと》を継《つ》いで、どうやって我が家を守ってゆけるというのでしょうか」

この夜の定頼は、いつになく饒舌《じょうぜつ》だった。

嘆《なげ》かわしそうにため息をこぼしながらではあるが、胸《むね》にたまった鬱憤《うっぷん》を吐《は》き出してしまおうとするかのように、しゃべり続けている。

「それにしても、優秀な父親を持った息子というのは、皮肉なものですよ。あなたはいかがですか、越後弁殿《えちごのべんどの》。あれだけ評判の高いお母上を持たれて、苦労をなさったのではありませんか」

「ええ、まあ……」

賢子はあいまいにうなずいたが、定頼はそれに取り合うふうもなく、勝手に自分のことをしゃべり続けた。

「確かに、私は漢詩を取っても和歌を取っても、父上には敵《かな》いません。でも、私だって、和歌の道にだけはそれなりの自負がある。歌を作ることに喜びも感じる。それなのに、人は言うのです。悪くはないが、お父上の出来栄えにはまだまだ及《およ》ばない、と――。まだまだ、まだまだ――もうその言葉は聞き飽《あ》きたというんだ！」

おとなしい定頼にしては、めずらしい乱暴な口ぶりであった。

定頼の愚痴《ぐち》に付き合っている暇《ひま》はないのだが、自分とあまり年齢《ねんれい》の違《ちが》わないこの男の悩《なや》みごとは、賢子にはよく理解できる。

あの紫式部の娘《むすめ》――そう言われることに、何とはない不快感を覚えてきたのだから――。

確かに、常に母親を引き合いに出されるのは、気分のよいものではなかった。だが、賢子は「もしも、私がお母さまを好きだったなら……」と考えることがある。

母の偉業《いぎょう》を誇《ほこ》りに思えるのであれば、紫式部の娘《むすめ》と言われることが苦痛ではなかったかもしれない。

（では、私はお母さまが好きではないのかしら？）

その問いかけに、賢子は答えられなかった。

定頼《さだより》はどうなのだろう。父の公任《きんとう》を好きではないのだろうか。

「定頼さま」

賢子はいつになく心のこもった声で、定頼を呼んだ。父を好きなのか、定頼の答えを聞いてみたかった。

「な、何ですか。越後弁殿《えちごのべんどの》」

賢子にじっと見つめられた定頼は、どことなくどぎまぎした様子で、まぶしげに目を細めた。

「あの、定頼さまは……」

賢子の言葉がそこで止まった。

定頼はそれを別段、不自然なこととは思わなかったようだ。

「越後弁よ、私は――」

定頼は賢子の肩《かた》を抱《だ》こうと、腕《うで》を伸《の》ばした。と、その時、

「来たわっ！」

賢子は自分でもそうと意識せず、定頼の腕を荒々《あらあら》しく振《ふ》り払《はら》って、押《お》し殺した声で言った。

その眼差《まなざ》しは定頼の肩の上を通り越して、庭先の闇《やみ》にじっと据《す》えられている。

「唐衣《からぎぬ》を羽織《はお》った物《もの》の怪《け》、間違《まちが》いないわ！」

賢子はその方角を指差しながら、ささやくように言った。

物の怪は砂利《じゃり》の敷《し》きつめられた庭先を、ゆっくりと建物の方に向かって歩いてくる。

唐衣を頭からすっぽりとかぶり、歩く度に、履物《はきもの》と砂利がこすれて、どこか不気味な音を立てた。

じゃり、じゃり――という音がしだいに大きくなってくる。

「私がこれから声を上げます。物の怪が気を取られた隙《すき》に、定頼さまがつかまえてください」

賢子はそう言い置いて、立ち上がろうとした。しかし、どういうわけか、体が重くて立ち上がれない。

何のことはなかった。定頼が賢子にしがみついているのだ。

「ちょっと、何をなさっているんですか、定頼さま」

賢子は初めは優《やさ》しく、定頼を引き剝《は》がそうとした。

一瞬《いっしゅん》、頭が回らず、どうして定頼《さだより》がしがみついてくるのか、理由が分からなかった。

「定頼さま、離《はな》れてください。物《もの》の怪《け》が現れたんです。今、つかまえなければ、二度とこんな機会は訪《おとず》れませんわ」

だが、定頼はすっかり動転している。

「も、物の怪が！　物の怪が本当に出るなんて……」

上の空のようにそうくり返すばかりであった。

「何をおっしゃっているんです。私たちはその物の怪を追っていたんでしょう？」

そう言っても、定頼は賢子の言葉を聞いている様子はない。

まるで幼子が母親にしがみつくような必死さで、賢子にしがみついてくるのだ。

「物の怪なんて、本当にいるわけありません。あれは、誰《だれ》かが物の怪の扮装《ふんそう》をしているんです。だいたい、自分から名乗りを上げる物の怪なんているもんですかっ！　それからしておかしいってのに、誰も気づかないなんて、本当に皆《みんな》、ばかなんだから！」

だんだん腹が立ってきて、賢子の物言いも乱暴になった。

「あなたは父君と比べられるのがいやで、世間を見返してやりたかったんでしょう。だったら、ここで勇気を出さないでどうするのよ！」

それでも、あなたは男なのっ――最後にそう怒鳴《どな》りつけたが、定頼には効果がなかった。

（こうなったら、やむを得ないわ）

賢子は心に、えいっとかけ声をかけると、

「物《もの》の怪《け》よ！　物の怪が出たわ」

わざと母屋《おもや》に聞こえるような大声を出して、賢子は叫《さけ》んだ。

「淑景舎《しげいしゃ》さまを名乗る物の怪が出ましたよっ！」

さらにそう叫ぶと、こちらまであと十歩というところまで近付いていた物の怪が、急に立ち止まって、賢子のいる階《きざはし》の下をのぞき込むようにした。

賢子の目と物の怪の目が合った。

思っていたとおり、物の怪は特別恐《おそ》ろしげな顔をしているわけではない。ふつうの生身の女であった。

「ちょっと、お前！　どういうつもりで、物の怪騒《さわ》ぎなんか起こすのよ。いったい、何者なの？」

そう叫《さけ》んだ時、思わぬ力が出たのか、あるいは、定頼《さだより》が気を失ったのか。賢子はしがみつく定頼を放り出して立ち上がり、階の下から飛び出すことができた。

その途端《とたん》、物の怪がぱっと踵《きびす》を返して、逃《に》げ出そうとした。

「待ちなさいっ！」

賢子は急いで追いかけようとする。

宣耀殿《せんようでん》の御殿《ごてん》でも、留守を預かる女房《にょうぼう》たちが外の騒《さわ》ぎに気づいて、騒ぎ出したようであった。明かりが次々に増えていくようであるから、間もなく人が出てくるだろう。

(あの女さえ、つかまえられれば!)

賢子が駆《か》け出そうとした時であった。

賢子は突然《とつぜん》、後背からがっしりとした手に肩《かた》をつかまれた。

——だれっ!

振《ふ》り返ることもならず、たちまち首に回された太い腕《うで》で喉《のど》をふさがれ、声を出すこともできない。この腕はどう見ても、定頼のものではあるまい。

物の怪の女は逃げた。

ならば、あの女の共犯者か。あの女に力を貸す男がいたのか。

だが、その正体を見極めようにも、首を動かすこともできない。いや、そればかりか、息をすることさえできず、今にも気を失ってしまいそうだ。

ああ、こんな時、定頼が頼りになる男であれば……。

(でも、無理ね……。たとえ、定頼さまが気を失っていなかったとしても……)

とうてい、この力の強い男に敵《かな》うはずがないのだ。

——身に危険が及《およ》ぶことだって、ないわけじゃない。

ああ、あの小式部《こしきぶ》の言葉を、もっと真剣《しんけん》に聞いておくのだった。

確かに、これはお遊びなどではなかった。

命を懸《か》けるほどの覚悟《かくご》が必要だったのだ。

それなのに、自分は物《もの》の怪《け》探しごっこに遊び興じていただけではないのか。だから、こんな目に遭《あ》ってしまうのだ。

このまま死んでしまうのだろうか……。

(いやだ、死にたくない!)

私には、まだしたいことが山ほどあるのだから――。

皇太后彰子《こうたいごうあきこ》さまのためにうんと働いて、お褒《ほ》めの言葉もかけていただいて、皇太后さまのおそばには越後弁《えちごのべん》がいなければならないと、皆《みんな》に言われて……。

そんなふうに立派になれば、もう誰《だれ》も賢子のことを「あの紫式部の娘《むすめ》」などとは言わなくなるだろう。

それに、ああ、すばらしい貴公子のお目に留《と》まって、私は物語の姫君《ひめぎみ》のように、すてきな恋《こい》を――。

口惜《くや》しさからか、苦しさからか、目に涙《なみだ》がにじんでくる。

最後に、初恋の人の顔が浮《う》かんだ。その時、

(頼宗《よりむね》さま……)

「もうおやめなさい、兼隆殿《かねたかどの》」

賢子はなつかしい男の声を聞いた。

聞き間違《まちが》えるはずがない。

それは、頼宗の声であった。

賢子の首に回された松の幹のような腕《うで》が、その直後、ほんの少しゆるんだ。

その拍子《ひょうし》に、賢子はごほごほと咳《せ》きこんだ。涙が止まるのを忘れたかのように、あふれ出してくる。

「よ、頼宗殿ではないか！」

耳もとで、聞き覚えのない男の声がした。

(何よ、この男。頼宗さまを知っているの……?)

そう思った途端《とたん》、賢子は放り出された。そのまま転がるように地面に膝《ひざ》をつく。

「この女房殿《にょうぼう》に何かあれば、あなたの責任が問われるところでしたよ。私に感謝してください」

頼宗がしゃべっている。

「仮にも、皇太后さまの女房ですからね」

「なに、皇太后さまの女房が、何ゆえここに――」

驚愕《きょうがく》と不審《ふしん》の入り混じった男の声が、それに続いた。

だが、頼宗はそれには答えず、賢子の傍《かたわ》らに寄って、今も咳《せき》をくり返している賢子の背を優《やさ》しく撫《な》でた。

「あの物《もの》の怪《け》に扮《ふん》した女、兼隆殿《かねたかどの》の乳母子《めのとご》でしょう。見覚えがありましたよ」

頼宗《よりむね》が賢子の背を撫《な》でながら、男に言った。

「それでは、貴殿《きでん》はすべて知っているというわけか」

「ええ。私はこの度の物の怪騒《さわ》ぎの真相を、追っていましたからね」

「その女房《にょうぼう》と組んでいたというわけか」

兼隆と呼ばれた男は、吐《は》き捨てるように言った。

「いいえ、違《ちが》います。私は私で、淑景舎《しげいしゃ》の女御《にょうご》を名乗る物の怪を、どうにかしなければならぬ理由があったのですよ」

頼宗の声には、いつにない強さと真剣《しんけん》さがこもっていた。賢子はふと目を上げて、頼宗の横顔を見つめた。整った横顔がうっすらと白く浮《う》かび上がっている。

「ふん、今光君《いまひかるきみ》などと浮かれ、女にしか興味のない腑抜《ふぬ》けと思っていたが、さすがはあの左大臣の息子だな」

頼宗は兼隆の毒《どく》のこもった言葉に、何も言い返さなかった。

(頼宗さま——)

手を伸《の》ばせばその横顔に触《ふ》れることができそうなほど近くにいながら、頼宗がひどく遠い人のように思える。賢子の胸に鈍《にぶ》い痛みが走った。

その時、宣耀殿《せんようでん》の御殿《ごてん》の扉《とびら》が開き、中から女房たちが明かりを手に現れ出てきた。

「こ、これはいったい……」

女房《にょうぼう》たちはあきれている。その中の一人が頼宗《よりむね》に目を向けて尋《たず》ねた。

「もしや、右近衛中将《うこのえのちゅうじょう》さまでいらっしゃいますか。左大臣さまのご子息《しそく》の……」

頼宗が目立たぬ普段着であったから、にわかには信じられないのかもしれない。

「ええ、そうですよ」

頼宗は如才《じょさい》なく答えて言う。

「それに、そちらは粟田参議《あわたのさんぎ》さまでは――？」

男はふんと鼻を鳴らしただけである。

（粟田の……？）

賢子はその言葉を耳に留《と》めた。聞いたことのある名である。

（そうだわ。粟田関白《かんぱく》家といえば、左大臣さまの兄上の……）

左大臣道長には、二人の兄がいた。

長兄の道隆《みちたか》を「中関白《なかのかんぱく》」といい、次兄の道兼《みちかね》を「粟田関白」という。二人ともすでに亡《な》くなっているが、今、賢子をつかんでいた男が「粟田参議」と呼ばれるならば、その道兼の一族ということとなのか。

だが、賢子は亡き道兼の一族について、よくは知らなかった。

「そのお二人が何ゆえ、この宣耀殿《せんようでん》へ――。それに、そこなる女房殿《どの》は……」

自分のことが話題に出たので、仕方なく賢子は顔を上げた。なるべく目立たぬように、袖《そで》で顔を隠《かく》すようにした。

「これは何とぞ、ご内聞に願いたいのですが、実は、私はこの女房と逢《あ》う約束をしておりましてね」

宣耀殿の女房衆と応対するのは、頼宗一人である。

「逢う約束って、この宣耀殿で、ですか。どうやら、ここの女房ではないようですが……」

「ええ。別の御殿《ごてん》の女房ですが、今宵《こよい》はこちらに人が少ないと聞きましたので、誰《だれ》にも見つかるまい、と――。この女房の友人がこちらにお勤めとかで、そのお部屋を借りる予定だったのですが……」

「はあ……?」

「ところが、粟田参議もこの女房に想いを寄せていたらしくてね。何ともまあ、ここで見苦しい事態になったというわけですよ」

頼宗はわざとらしく、苦笑してみせた。

「そうですな、粟田参議殿」

頼宗が最後に水を向けると、他にごまかす方法がないからだろう、

「う、まあ、な」

兼隆《かねたか》もうなずいた。

「もうここからは出てゆきますゆえ、どうぞ、この一件は他言なさいませぬよう」

「でも、物《もの》の怪《け》が出たという声が聞こえましたけれど……」

「ああ、それは私たちも聞きました。もしかしたら、この宣耀殿《せんようでん》に仕える臆病《おくびょう》な女童《めのわらわ》が、私たちの姿を見とがめて、そんなふうに叫《さけ》んだのではないでしょうか」

「はあ……」

頼宗《よりむね》の言葉を疑うこともできなかったのだろう。

女房《にょうぼう》たちは不審《ふしん》そうな表情を浮《う》かべたままではあったが、やがて建物の奥《おく》に戻《もど》っていった。

「この女房は皇太后《こうたいごう》さまに仕える越後弁《えちごのべん》と申す方。あの紫式部殿《むらさきしきぶどの》の娘御《むすめご》ですよ」

頼宗が兼隆に言った。賢子は顔も上げなかった。

「こちらは、粟田参議《あわたのさんぎ》殿。私の伯父《おじ》である粟田関白道兼《みちかね》公のご子息《しそく》で、今は我《わ》が父道長の養子となっておられる。ゆえに、私には義兄《ぎけい》に当たる方です」

賢子に聞かせるつもりか、頼宗が兼隆を紹介した。

もちろん、兼隆も挨拶《あいさつ》などしないし、賢子も無視している。

「兼隆殿よ。同じく左大臣道長を父と呼ぶ者として、このたびの所業《しょぎょう》は感心できるものではありませぬぞ」

最後に、頼宗は兼隆に鋭《するど》い声で言った。

「されど、私は叔父上《おじうえ》（道長）と中宮《ちゅうぐう》さま（妍子）の御《おん》ためを思ってだな」

兼隆は言い訳するように言う。

「亡《な》き淑景舎《しげいしゃ》の女御《にょうご》が宣耀殿の皇后《こうごう》を怨《うら》んでいるという噂《うわさ》を立て、皇后さまを宮中から追い出そうとでも考えたのですか。そんな真似《まね》をして、父上や中宮さまがお喜びになるとでも――？」

頼宗の言葉に、兼隆は何も言わなかった。

「行きましょう」

頼宗は賢子の肩《かた》を優《やさ》しく抱《だ》くようにしてうながした。

「待ってください、頼宗さま」

賢子は、その場に両足を踏《ふ》ん張って言い張った。

「そちらの兼隆さまに、私はまだ借りがございますの」

不意に顔を上げて、賢子は兼隆を見上げた。

顔をしっかりと見たのは初めてだが、頼宗よりずっと体格がよく、男くさい雰囲気《ふんいき》の男である。太い眉《まゆ》、鋭《するど》い目、しっかりと通った鼻筋など、どれも男らしく雄々《おお》しい風采《ふうさい》だと言えなくもない。

「どういうご身分の方かはよく分かりました。とうてい、私ごときが親しく口をきけるお方ではありません。でも、あなたが私になさったことは、許されることではありませんわ」

賢子は恐《おそ》れげもなく、兼隆《かねたか》に向かって堂々と言い放った。

「それで、どう借りを返してくださるというのですか」

ふてくされた様子で、兼隆が言い返してくる。

「こういうふうによ！」

叫《さけ》ぶなり、賢子は思いきり背伸《の》びして、兼隆の左頬《ほお》を平手打ちした。

あまりに思いがけなかったせいか、兼隆は茫然《ぼうぜん》と打たれるままであった。

「帰ります」

打たれた左頬を思わず押《お》さえ、あっけに取られている兼隆をその場に残し、頼宗《よりむね》を振《ふ》り返りさえせずに、賢子は砂利《じゃり》の敷《し》きつめられた庭を、さっさと歩き出した。

同じくあっけに取られていた頼宗が、あわててその後を追った。

第六章　秘密

一

三日目の月はもう見えなくなっている。

その代わり、星の光が明るくなった。冬の冷たく澄《す》んだ夜空に、玻璃《はり》（ガラス）を砕《くだ》いた欠片《かけら》のような星々が散っている。立ち止まって眺《なが》めれば、それなりに風情のある星月夜《ほしづくよ》であろうに、賢子《かたこ》は前だけを見つめて歩き続けた。

やがて、後を追ってきた頼宗《よりむね》が賢子の傍《かたわ》らに並んだ時も、賢子は立ち止まらなかった。

「越後弁殿《えちごのべんどの》」

ややあってから、頼宗がたまりかねた様子で声をかけた。

「少し歩くのをやめて、お話ししませんか。前々から、あなたとはゆっくりお話がしたいと思っていたのですよ」

賢子は立ち止まった。だが、返事はしなかった。

「ほら、もう宣耀殿《せんようでん》を出てしまった。東側のあちらに見える建物は淑景舎《しげいしゃ》です。この度《たび》、物《もの》の怪《け》に仕立てあげられた気の毒《どく》な女御《にょうご》さまが、お住まいになっておられた……」

黙《だま》りこんでいる賢子に、困り果てた様子で、頼宗《よりむね》はさらに言い継《つ》いだ。

「今は、どなたも使っておられませんから、ひっそりしているでしょう。どうです、あそこへ忍《しの》びこんで、私とひと時、語り合うというのは……」

「……ええ」

力のない声で、賢子はようやくうなずいた。

「よかった。ようやくあなたのお声が聞けた」

頼宗はうれしそうに言うと、慣れたふうに、賢子の手をそっと取った。そして、導くようにして、淑景舎の庭先へと忍び入った。

宣耀殿と淑景舎は渡り廊下《ろうか》でつながれている。

だから、それぞれの建物を区切る敷居《しきい》や門があるわけではないが、建物自体は別々だった。それぞれに庭がついており、淑景舎は桐《きり》の木が植えられていることから、別名「桐《きり》壺《つぼ》」ともいう。

その桐の木陰《こかげ》に、頼宗は賢子を誘《さそ》った。落葉樹《らくようじゅ》の桐はすでに葉を落としており、見上げれば、寒々しい枝の向こうに夜空が見えた。

どこかから、管絃《かんげん》の音色が聞こえてくるようだ。

東宮《とうぐう》の御殿《ごてん》で、披露《ひろう》された琵琶《びわ》「無名《むみょう》」を誰《だれ》かが弾《ひ》いているのであろうか。

「先ほどとはまるで別人のようですね。あまりのことに放心しておられるのですか」

桐の幹に軽く背をもたせかけて立ちながら、頼宗は言う。

賢子はあの宣耀殿の庭を出てから初めて、頼宗の方をまじまじと見つめた。そして、今がどういう時で、どうしてここに頼宗と一緒《いっしょ》にいるのかということを、改めて実感した。今すると、今まで自分の体を離《はな》れていた魂《たましい》が、あるべき場所へ戻《もど》ってきたような落ち着きを、やっと取り戻すことができた。

「確かに、私の手に余るほどの出来事でしたけれど……」

言葉もすらすらと出てきた。

「でも、これで物の怪がいなくなり、中関白家《なかのかんぱく》のご名誉《めいよ》が守られ、皇后《こうごう》さま（娍子《すけこ》）もお心安らかになられるならば、よかったと思います。中宮《ちゅうぐう》さま（妍子《きよこ》）の御病《おんやまい》は、物の怪のせいではなかったことになりますけれど……」

賢子はようやく言葉をおいた。

「そうですね。あなたが別段、中関白家や皇后さまとご縁《えん》があるわけでもないのに、どうしてそんなにも一生懸命、彼《かれ》らを守ろうとなさるのでしょう。格別の義侠心《ぎきょうしん》をお持ちなのですか」

「そんなものはありませんわ。ただ、気の毒《どく》な人をさらに痛めつけるというやり方が、どうしても許せないと思っただけです」

賢子の両目が闇《やみ》の中で一瞬《いっしゅん》だけ、強い光を放った。

兼隆《かねたか》への怒《いか》りが再びよみがえったのだが、賢子はそっと目を伏《ふ》せて、怒りの火も静かに消した。今、こうして頼宗《よりむね》と二人きりで過ごせるひと時を、いまいましい男のせいで台無しにしたくはない。

「どこで、物《もの》の怪《け》がにせものだとわかりましたか」

頼宗は、興味深そうに賢子を見つめながら訊《き》いた。

「唐衣《からぎぬ》です」

「唐衣……」

「淑景舎《しげいしゃ》の女御《にょうご》さまはご身分の高い人ですから、ふだんは唐衣を召《め》したりはしないはず。あれは、女房《にょうぼう》の衣装でございますもの。だから、これを考え出したのは、そういう事情にくわしくない人、おそらくは男の人だろうと思いました」

「されど、このたびの騒《さわ》ぎでは、中宮《ちゅうぐう》さまが被害者のように見えたはずです。ならば、中宮さまのおられる藤壺《ふじつぼ》に罠《わな》をしかければよかった。それなのに、どうしてあなた方は皇后《こうごう》さまを御殿の外へお出しして、宣耀殿《せんようでん》の人が少なくなるように細工し、物の怪をおびき出したのですか」

どうやら、頼宗は賢子らの動きをある程度は察知しているようだ。

「物の怪は藤壺には現れないと思ったのです。中宮さまのお加減が悪い今、万一、事が明らかになれば、中宮さまを害したものと見なされますもの」

「もしや、あなたは初めから、この物の怪が中宮さま側の——ひいては、我《わ》が父左大臣側の仕業だと、気づいていたというわけですか」

「確信というほどではありませんが、そうではないかとは思っておりました」

賢子の言葉に、頼宗は感嘆《かんたん》した様子で、首を軽く横に振《ふ》ってみせた。

「いや、大したものだ。でも、どうしてそれを——」

「これまで宣耀殿にばかり出ていた物の怪が、中宮さまのお具合が悪くなるや、申し訳程度に藤壺にも現れたからです。中宮さまのお加減が悪くなったのを利用して、物の怪の仕業だぞ、と見せかけたのでしょう。そして、次はお前の番だと、皇后さまをさらに追いつめようとしていたに違《ちが》いありません」

賢子の言葉を聞き終えて、ようやく納得したように、頼宗はほうっと大きなため息を吐《つ》いた。白い息がすうっと空へ向かってのぼってゆき、やがて闇《やみ》の中に消えた。

「兼隆殿《どの》のしたことは、とうてい許せないでしょうが……」

賢子の機嫌《きげん》をうかがうように、頼宗は少し遠慮《えんりょ》がちに切り出した。

だが、賢子が何も言い返す様子がないことを察すると、一気に先を続けた。

「あの人なりに、我《わ》が父左大臣のためを思ってしたことなのでしょう。父の養子とはいえ、父には大勢の実子がおりますからね。その中で、何とか父に目をかけられ、出世しなければならぬと思っておられるのです。あの方には、亡《な》き実父粟田関白殿《あわたのかんぱくどの》のお家を守るという、重い使命がございますから――」

粟田関白とは道長の次兄道兼《みちかね》のことで、もし病で死ぬことがなければ、今も道兼の天下だったかもしれない。

その時、跡継《あとつ》ぎとしてちやほやされていたのは、あの兼隆《かねたか》だったのだ。兼隆の胸中《きょうちゅう》に、失われた栄華《えいが》への未練があっても当然だった。

「あの方は決して、根っからの悪人ではありません。しかし、父君の粟田関白もそうでしたが、どうも荒《あら》っぽい血筋なのですよ。我が父の歓心《かんしん》を買うために、何かしないわけにはいかなかったのでしょう。もっとも、この度《たび》のことを知れば、父は兼隆殿を褒《ほ》めるどころか、その軽率さをお叱《しか》りになるでしょうが……」

つまりは、兼隆の暴走であって、道長はこの一件にはまったく関与していないということだろう。

道長はこれまでにも、自分の娘《むすめ》に敵対する勢力――たとえば、一条《いちじょう》天皇の皇后定子《こうごうさだこ》や、三条《さんじょう》天皇の皇后娍子《すけこ》に嫌《いや》がらせをしているが、それらはすべて公《おおやけ》の儀式《ぎしき》に貴族たちが参加しないよう圧力をかけるといった、政治上の大掛《おおが》かりな嫌がらせである。

それに比べて、今回のやり方はいかにもせせこましい。やはり、兼隆の独断であろう。淑景舎《しげいしゃ》の女御《にょうご》原子《もとこ》の怨霊《おんりょう》など、初めから存在しなかったのだ。原子の死にざまは痛ましく、また謎《なぞ》めいてもいるが、その真相は今となっては知りようもない。

「どうか、この度の一件を公《おおやけ》にはしないでほしい」

頼宗《よりむね》は続けて言った。公になれば、兼隆は処罰《しょばつ》されるだろうが、兼隆の恥《はじ》は彼を養子としている道長の恥でもあり、ひいては頼宗や彰子《あきこ》の恥にもなる。

賢子とて、彰子に仕《つか》える身であるのだから、そんなことを望んでいるわけではなかった。

「私たちは皇太后《こうたいごう》さまのご命令で動いていたので、皇太后さまにはご報告いたしますが、他の方にはいっさい口外などいたしません」

賢子は頼宗に誓《ちか》った。頼宗はほっと安心したように息を吐《は》くと、

「あなたは……私が物《もの》の怪《け》を追っていた理由を、尋《たず》ねないのですね」

ふと、呟《つぶや》くような調子で尋ねた。その目はいつしか夜空の彼方《かなた》を見つめている。

賢子は答える前に、目を転じて頼宗を見た。

頼宗の整った横顔が、月よりも遠く感じられる。胸に鈍《にぶ》い痛みを覚えるその感覚は、つい先ほども味わったものであった。

「尋ねれば、私の聞きたくない答えが返ってきそうで……」

頼宗の横顔をなおも見つめながら、賢子は言った。どういうわけか、頼宗から目をそら

すことができない。

「どうして、そう思うのですか」

「兼隆《かねたか》さまが先ほど、おっしゃっていました。あなたは女にしか興味のない人だ、と――。ならば、あなたが物《もの》の怪《け》を追っていた理由も、女人《にょにん》に関することだと思いましたの」

「……あなたは本当に頭がいい」

頼宗《よりむね》は感嘆《かんたん》したというよりは、どこか悲しげな声で言った。

「いや、よすぎるのかもしれない。でも、もしかしたら、それはあなたにとって、不幸なことなのかもしれないね」

頼宗は賢子に目を戻《もど》すと、優《やさ》しい声でささやくように言った。

賢子に注がれる眼差《まなざ》しも優しい。これまでとは違《ちが》う慕《した》わしさのこもった眼差しであった。

（でも、今はそれがつらい……）

そんなにお優しい目で見つめないで――と、言いたい。だが、それは言葉にはならなかった。代わりに、涙《なみだ》がぽろぽろとあふれ出してきて、止まらなくなった。

あわてて涙をぬぐおうとした賢子の手を止めると、頼宗は自分の袖《そで》で、賢子の涙をぬぐい始めた。

「あなたには……あなたにだけは、何もかも正直に話しておきたい」

頼宗は相変わらずの優しい声で言った。

「私はまもなく、正式に婿入《むこい》りするのです」

正式な婿入り——それは、単なる当人同士の恋愛《れんあい》とは種類が違《ちが》う。

いわゆる、それなりの格式を持った家に、婿として入った男は妻の実家の一員として、その世話を受けることになる。そして、その妻を北の方（正妻）として、他の女たちとは別格に扱《あつか》うのだ。

「北の方をお持ちになるのですね……」

もともと、賢子は頼宗の北の方になれるような身分ではない。それは、初めから分かっていたし、望んでもいなかった。また、頼宗がどれほど色好みと言われていても、いずれ身分と地位のある家の女人を、北の方とすることは分かっていた。

（それなのに、どうして私はこんなにも苦しいの……）

頼宗がいよいよ、たった一人の北の方に縛《しば》られる身となることが、胸もつぶれるほどに悲しくてたまらない。

「中関白家の故内大臣伊周卿《これちかきょう》の大姫《おおひめ》（長女）伊子殿《いさこどの》です」

頼宗は相手の名を打ち明けた。

伊周の娘《むすめ》といえば、あの一条天皇が熱愛した故皇后《こうごう》定子の姪《めい》に当たる。

もちろん、賢子は定子の顔を知らないが、その美しさや賢《かしこ》さは『枕草子《まくらのそうし》』に書かれており、賢子も読んで知っていた。

もし、定子に似ているのならば、伊子姫《いさこひめ》もすばらしい女性に決まっている。

そして、もしも中関白家の栄華《えいが》が続けば、中宮《ちゅうぐう》にも皇后《こうごう》にもなっていた姫君であり、その場合は頼宗《よりむね》とて手が届かない高嶺《たかね》の花だったことだろう。

だが、時は流れ、後《うし》ろ盾《だて》をなくしたあわれな姫君は、左大臣の息子を夫に迎《むか》える。伊子がそのことをどう思っているのか、賢子には知る由《よし》もない。

(でも、どうか――)

頼宗と夫婦《ふうふ》になるのを、落ちぶれた末の妥協《だきょう》などとは決して思わないでほしい。后《きさき》になるべく育てられた伊子姫が、光源氏《ひかるげんじ》になかなか心を開かなかった正妻の葵《あおい》の上《うえ》のようであってほしくない。

「伊子さまはすばらしい方なのでしょうね。先帝《せんてい》の皇后さま(定子)に似ておいでなのでしょうか」

賢子の問いかけに対して、

「そうですね。人は似ていると言うようです」

苦しげに頼宗は答えた。

「私はあの人を初めて見た時から、私の北の方にすると心を決めたのです」

その言葉は、頼宗が伊子を深く愛しているという証拠《しょうこ》であった。

たとえどれほど高貴な血筋であっても、落ちぶれてしまった家の娘《むすめ》は、大事に扱《あつか》ってもらえないことが多い。伊子とて、正妻として扱ってもらえないこともあり得たのだ。

だが、頼宗は伊子を正妻にしようと心に誓《ちか》った。そして、そのためには、伊子の家である中関白家《なかのかんぱく》の名誉《めいよ》を守る必要があった。

頼宗の物言いには、日頃《ひごろ》の浮《う》わついた調子はいっさいなく、一途《いちず》な想いだけがこもっていた。

頼宗は一人の女だけを守り抜《ぬ》く男ではないが、それでも、正妻とする女性は伊子姫しかいないと思っているのだ。

光源氏が紫《むらさき》の上《うえ》を見つけ、生涯《しょうがい》、大切に守り通したように——。

自分の敵《かな》う相手ではない。家柄《いえがら》も身分も、一目で頼宗を惹《ひ》きつけたという、定子に似ているというその美貌《びぼう》も——。

「あわれな人なのです」

北の方となる伊子姫について、頼宗はそう言った。

「でも、あわれみから、婿入《むこい》りなさるわけではないのでしょう?」

賢子の問いかけに、頼宗は答えなかった。その代わり、

「中関白家は私が守っていきます。私があの人の婿となったことを公《おおやけ》にすれば、父はもう、中関白家に手出しできなくなりますからね」

と、頼宗はきっぱりとした口ぶりで言った。

「そして、もし、あなたが許してくれるのなら――ということだが……」

そこまで言って、頼宗《よりむね》はややためらうように言いよどんだ。が、不意に賢子の両肩《りょうかた》に手を置くと、

「私が前に、皇太后《こうたいごう》さまの御所《ごしょ》であなたに告げた言葉を、反故《ほご》にしないでほしいのです」

と、一気に心を決した様子で言い切った。

――どうです？　あの堅物《かたぶつ》の兄はあきらめて、この私と恋《こい》を語らうというのは――。

どこか浮薄《ふはく》な調子で、ささやかれた言葉――。

あの時の賢子は、この言葉だけで舞《ま》い上がってしまった。それが、色好みを気取った男の、口先だけのものだということに、気づきもしなかった。

だが、今の頼宗にはあの時の軽々しさはない。

「今の私は、あの時の私とは、まるで違《ちが》う気持ちです。あの時、私の目の前にいたあなたは、ちょっと声をかければ、たやすくなびいてきそうな世間知らずの小娘《こむすめ》だった。でも、今は違います。あなたはたやすく手折《たお》ることなど、とうていできない……」

賢子の両肩に手をのせたまま、頼宗は真剣《しんけん》な口ぶりで語り続けた。

「そう、この桐《きり》のように、天《そら》高く咲《さ》く花なのです。たやすく――などとは思っていない。どんな苦難を乗り越えてもいい。手折りたいと、私が願ってはいけませんか」

空の彼方から星の光が降り注ぐように、頼宗の眼差《まなざ》しが優《やさ》しく真剣に注がれてくる。そ

れは、ずっと手に入れたいと、賢子が望んでいたもののはずであった。

だが、この時、賢子は首を横に振《ふ》った。

「それは、今ではなく、また、別の機会にお聞かせ願えればと存じます」

あなたさまが婿入《むこい》りなさって落ち着いた頃《ころ》にでも――という賢子の言葉に、頼宗はやや
あってからうなずいた。

「そういたしましょう」

それが、あなたの望みならば――。

頼宗は賢子の肩に置いた手を、そのまま背にすべらせるようにして、賢子をそっと抱《だ》き
しめた。

物狂《ものぐる》おしく熱い抱擁《ほうよう》ではない。優しく励《はげ》ますような……。

いつか、もう一度、頼宗の腕《うで》に抱きしめられる日がくるのだろうか。

「では、私はもう行きますが、あなたは……?」

やがて、抱擁の腕を放して、頼宗は尋《たず》ねた。

「私はもうしばらくここにおります。お先に、お帰りくださいませ」

賢子はしっかりとした声で言った。もう泣いてはいない。

頼宗はうなずき、黙《だま》って歩き出した。

頼宗の背が遠ざかってゆく。その背が見えなくなるまで、決して泣くまい。

もし頼宗《よりむね》が振《ふ》り返ることがあれば、立ち去ることにためらいを覚えてしまうに違《ちが》いないから――。

今の頼宗に心の負担を負わせてはならない。それが、愛する人のため、今の自分にできるただ一つのことだから――。

（頼宗さまーっ！）

だが、心の中でその名を呼ぶことくらいは許されるだろう。

その時、まるで賢子の心の叫《さけ》びを聞き取ったかのように、頼宗が足を止めた。

しばらくの間、振り返るかどうか、迷うように足を止めていたが、その後、こらえかねたように頼宗は振り返った。

二人は、闇《やみ》をはさんで向かい合った。

こらえていた涙があふれ出しそうになる。

頼宗は今にも踵《きびす》を返して、こちらへ向かって走り出してきそうだった。

賢子はその場でゆっくりと頭を下げた。礼儀《れいぎ》ただしく、最高の恭《うやうや》しさと敬意《けいい》、それに、かけがえのない愛をこめて――。

頼宗ははっとしたように、表情をこわばらせた。

賢子の挨拶《あいさつ》は拒絶《きょぜつ》でもあった。愛するがゆえの悲しい拒絶――それが読み取れぬ男は、色好みではない。

頼宗《よりむね》は苦笑いを浮《う》かべると、自分も身分に応じた軽い会釈《えしゃく》を返して、再び賢子に背を向けた。

今度はもう、振《ふ》り返ることもなく、頼宗は淑景舎《しげいしゃ》の庭を去っていった。

その姿が完全に見えなくなった時、

「頼宗さまーっ！」

賢子は思いきり声を放って泣いた。桐《きり》の木の根方に座りこみ、その幹にしがみついて泣いた。

（賢子は、こんなにもあなたさまをお慕《した》いしているのに、あなたはついに北の方をお迎《むか》えになってしまうという……。それを真剣《しんけん》な顔で、私におっしゃる……）

本人の前では決して口に出せなかった泣き言が、一人になった今はいくらでもあふれ出してくる。

（北の方がいらっしゃってもいい。恋人《こいびと》の一人にお加えいただきたいと、今でもなお、思ってしまうのは、私には贅沢《ぜいたく》な望みですか）

わびぬればいまはた同じ難波《なには》なる　身をつくしても逢《あ》はむとぞ思ふ

この歌を賢子に教えてくれたのは、誰《だれ》だったろう。母だったか、祖父だったのか。

――あなたを思うつらさを知ってしまった今はもう、どうなっても同じこと。それならば、いっそこの身を捨ててでも、あなたにお逢いしたい。

どんな恋をすれば、こんなにも見事な歌を作れるのだろう。昔はそう思っていた。そして、こんな歌を作れる恋がしたいと思っていた。

今はまだ、これほどの歌を作ることができない。でも、今の想いはこの歌より他に言い表しようがない。

(もし私に歌の才能があれば、頼宗さまにこれほどの歌を作ってお贈《おく》りするのに……)

だが、いつか頼宗を思って、こんな歌を作れるようになる。いや、きっと作ってみせる。

賢子は桐の枝の彼方《かなた》に見える、この夜の空に誓《ちか》った。

二

中宮妍子《ちゅうぐうきよこ》の体調不良が、懐妊《かいにん》によるものだとわかったのは、間もなくのことであった。

左大臣道長《みちなが》が大騒ぎで各地の神社仏閣《ぶっかく》に祈禱《きとう》をさせ始めたので、世間はどことなく騒然《そうぜん》としている。十二月二十五日、改元《かいげん》が行われ、寛弘《かんこう》九(一〇一二)年は残すところわずか数日で、長和《ちょうわ》元年となった。

その頃《ころ》、皇太后彰子《こうたいごうあきこ》はすでに宮中を退出している。

賢子《かたこ》たちには特別にねぎらいの言葉があったが、賢子はその年の末に、皇太后の御所《ごしょ》をいったん下がった。

実家にいた母は、賢子に御所での生活をあれこれ尋《たず》ねることはなかった。そういうところを冷たいと思っていたこともあるが、今はそれがうれしくもある。

正月を迎《むか》えると、母は皇太后彰子の御所に参上した。

賢子は共に行くとは言わず、そのまま実家暮らしを続けている。

母から、彰子が呼んでいるという文《ふみ》を受け取ったのは、二月半ばのことであった。ちょうど桜が咲き始めようという時である。もう少し実家でゆっくりしたい気分であったが、

「すぐに参上しなさい」

というので、賢子は急いで仕度《したく》をして御所へ上がった。

かつて賢子が使っていた部屋は、しばらく参上しない間に別の女房《にょうぼう》にあてがわれており、賢子の荷物は母の部屋に運びこまれていた。

さし当たっては、母と共に一つの部屋を使えということである。

(えっ、お母さまと……?)

古くからの女房である母の部屋は、確かに広い。二人で使うのに不都合があるわけではないが、賢子は何となく気おくれがした。それなら、あの小式部《こしきぶ》と同室の方がましなくら

いである。

それを言い出しかねていると、

「明日は、皇太后さまのもとに、とても大事なお客人が見えます」

と、急に母が言い出した。二月二十四日のことである。

「高貴な身分の方で、決しておろそかにはできぬお方――。私が取り次ぎをいたします」

母の顔はいつになくこわばって緊張《きんちょう》していた。母の言う人物が誰《だれ》なのか、賢子には想像もつかない。

だが、母はその名を明かそうとはせず、

「人払《ひとばら》いをなさってお会いになられますが、そなたの同席だけは許してくださいました。そなたは几張《きちょう》の陰《かげ》に隠《かく》れて、明日のご会談を静かに見聞きしていなさい」

と言う。

「どうして、私が……」

会談というより密談のような雰囲気《ふんいき》だ。賢子は戸惑《とまど》ったが、

「皇太后さまのお心までは、母にはわかりませぬ。そなたのことについては、私の考えではなく、すべて皇太后さまのお考えなのです」

と、有無を言わさぬ口調である。

もちろん、彰子の命令を拒《こば》むことはできない。

賢子は承知した。

その夜、母は彰子《あきこ》の御前《おまえ》に遅《おそ》くまではべって（付き添って）おり、明日のことでも相談していたのか、部屋に戻《もど》ってきたのはずいぶんと遅《おそ》い時刻であった。もう子《ね》の刻《こく》（午前零時）近くになっていたのではないだろうか。

賢子は寝《ね》つかれずに起きていたが……。

身じろぎをする気配に、賢子が起きていると知ったのか、

「明日は、どんな小さなことでも、見落としたり聞き漏《も》らしたりしてはなりませんよ」

と、間に立てかけた几張《きちょう》の向こうから、まるで独り言のように言う。

（こんなにものものしい様子で、皇太后《こうたいごう》さまがお会いなるというのは、いったいどなたなのかしら）

疑念はますますふくらんでいったが、どうせ尋《たず》ねても母が答えてくれることはあるまい。

そう思うと、今の母の言葉に返事をするのも何だか億劫《おっくう》で、賢子は返事もせずにそのまま寝入ったふりをしていた。

翌二月二十五日――。

賢子は言われたとおり、申《さる》の刻（午後四時頃）には彰子の御座所《ござしょ》の几張の隅《すみ》に、ひっそり

と身をひそめていた。他には、御簾《みす》の奥《おく》に彰子が、その脇《わき》に母紫式部《むらさきしきぶ》が座っているのみである。

彰子と御簾を隔《へだ》てて対面する形で、円座《わろうだ》が一つ用意されていた。

この密談の相手が座る席であろう。

昼間だというのに、中は完全に閉めきっており、ものものしい雰囲気《ふんいき》である。

やがて、こちらに近付いてくる衣擦《きぬず》れの音が聞こえてきた。

紫式部が立ち上がり、ひそやかに戸口まで出迎《でむか》えに出る。

戸口に控《ひか》える女房も、今日は人払《ひとばら》いしてあるので、式部が自ら行かねばならない。

「ようおいでくださいました」

「うむ」

母の声に応じるのは、くぐもった男の声である。

几張の隙間《すきま》からのぞくと、平常着の直衣《のうし》ではなく、もう少し格式ばった衣冠《いかん》姿の男がこちらへ歩いてくるところであった。

若くはない。

五十代といったところだろうか。痩《や》せて小柄《こがら》な体格だが、堂々とした貫禄《かんろく》がある。三位《さんみ》以上の公卿《くぎょう》であろう。

このくらいの年齢《ねんれい》の男として思い当たるのは、彰子の父道長くらいだが、前に宮中でちらりと見かけた道長とは風貌《ふうぼう》が違《ちが》っていた。

「長らくご無沙汰《ぶさた》申し上げ、失礼つかまつりました」

やがて、円座《わろうだ》に座った男は、先に挨拶《あいさつ》の言葉を口にした。すでに、元の席に戻《もど》っていた式部が、その言葉をそのまま御簾《みす》の奥《おく》にいる彰子《あきこ》に伝える。

彰子とても、男の声が聞こえぬわけではないだろうが、これが礼儀《れいぎ》であった。

「ようこそ、おいでくださいました。小野宮大納言殿《おののみやのだいなごんどの》」

続けて、彰子が口にした言葉を、式部が聞き取って男に伝える。

(小野宮大納言! 今、皇太后《こうたいごう》さまは小野宮っておっしゃったの!)

賢子はあやうく几張《きちょう》にしがみつきそうになった。そんなことをすれば、この物静かな母屋《おもや》の中で、几張の布がこすれる音を立て、人の隠《かく》れていることが男——いや、小野宮大納言、藤原実資《ふじわらのさねすけ》に気づかれてしまうだろう。

会ったことはないが、賢子はたびたび、この男のことを耳にしている。

今、左大臣道長の権力に立ち向かうことのできる唯一《ゆいいつ》の男、三条天皇《さんじょう》からも厚い信頼《しんらい》を寄せられる男として——。

そもそも、彰子が入内《じゅだい》する際、祝いの歌の献上《けんじょう》を拒《こば》んだり、道長の嫌《いや》がらせにも屈《くっ》せず、娍子《すけこ》が皇后《こうごう》となる折《おり》の儀式《ぎしき》に参列したり、道長に楯突《たてつ》く行動が目立つ。

それがまた、世間ではひそかに喝采《かっさい》と称賛《しょうさん》を浴びているのであった。

だが、彰子はその道長の娘《むすめ》である。

父親と政治的に対立する男を、こうしてひそかに御所《ごしょ》に呼びつけるとは、いったい――。

「私は、今の世の中に不満をいだいております」

彰子が言って、式部が伝えた。

「帝《みかど》がお悪いのではありませぬ。帝のお心をお悩《なや》ませする者がいるのです。その者は、先《せん》帝《てい》（一条天皇）が東宮《とうぐう》をお選びになろうという時も、そのお心をお悩ませしました」

彰子は語り続ける。だが、聞いている賢子の方は、肝《きも》を冷やした。

二代の天皇にわたって、その心を悩ませる人物など――それほどの政治的な実権を握《にぎ》った人物など、たった一人――彰子の父親しかいないではないか。

無論、彰子はその名を出しはしない。

「政《まつりごと》はあるべき形に戻《もど》さねばなりませぬ。そのためには、先帝のお心に従い、先帝の一《いちの》宮《みや》（敦康《あつやす》親王）をこそ――」

彰子がそこまで言った時であった。

「あいや、それ以上はおっしゃいますな」

式部の取り次ぎを通さず、実資がさえぎるように言った。

「皇太后さまのお心の内は、よう分かりましたゆえ――」

有無を言わさぬ重々しい声で言い、実資はその場に深々と頭を下げた。

式部はもう、その言葉を取り次ぎはしなかった。

（こ、これは……）

彰子《あきこ》は最後まで口にはしなかったが、一宮敦康親王《いちのみやあつやすしんのう》の即位《そくい》を望んでいると言ったも同然である。

とすれば、これは皇位継承《こういけいしょう》に関わる重大な密議《みつぎ》ではないか。

それも、道長の側から見れば、陰謀《いんぼう》と呼ばれるたぐいの……。

（な、何ということを、皇太后《こうたいごう》さまは――）

敦康が帝《みかど》として即位するということは、彰子の実子《じっし》である敦成《あつひら》親王が東宮の座から転げ落ちるということである。

どうして、実子をしりぞけて、継子《けいし》を帝にしたがるのか。敦康親王は、彰子にとって、夫の寵愛《ちょうあい》を競い合った皇后定子《こうごうさだこ》の産んだ子であるのに……。

（でも、皇太后さまは敦康親王さまを、本当に大事に思っていらっしゃる）

賢子はまだ敦康に会ったことがなかったが、彰子が敦康をいかに気づかっていたかは知っている。

別々に暮らす敦康の邸《やしき》へあれこれの贈《おく》りものを選ぶ時、そちらの女房《にょうぼう》を呼んで敦康の成長ぶりを聞く時、彰子がいかにうれしげであったかを、賢子も見て知っていた。

（そうよ。皇太后さまは敦康さまの御《おん》ために、中関白家《なかのかんぱく》の名誉《めいよ》を守ろうと、私たちに物《もの》の

怪探《け》しをご命じになられたのだったわ）

そのすべては、敦康親王を将来の天皇にしたいと願えばこそ――。

彰子ははっきりと、それが亡《な》き一条天皇の遺志《いし》だと告げた。実資《さねすけ》もそれを疑う様子はない。

「では、これからもこの紫式部を、私との取り次ぎ役とお思いください」

最後に彰子は言った。

何と、これまでも二人はつながっていたのだ。今日の話しぶりから推測《すいそく》して、彰子と実資が対面することはめったにないようだが、紫式部がその両者の橋渡しをしていたことになる。

（お母さまは、これまで一度だって、そんなそぶりは……）

彰子と実資が言葉を交わし合い、互いの意志が同じだということを確認するのが、この日の会談の目的だったようだ。

堅苦《かたくる》しい雰囲気《ふんいき》の中で、いったんその話が終わると、会談の場はほんの少し和《なご》やかな雰囲気がかもし出された。

「私が、皇太后さま入内《じゅだい》の折、お祝いの歌を献上《けんじょう》しなかったこと、覚えておいでですか」

実資がそれまでよりもずっと親しみのこもった声で尋《たず》ねた。

「もちろんですとも。我《わ》が父がたいそう不快がっておりました。その頃《ころ》の私は、それを聞いても何も思わぬような、ぼんやりした小娘《こむすめ》でしかありませんでしたが……」

二人はもう式部を介《かい》さず、御簾《みす》を隔《へだ》ててではあったが、じかに言葉を交わしている。

「ようぞ、あの時、歌を作らないでいてくださったと、今は思いますよ。あの時、歌を作った方々を、私は今、あてにはいたしませぬ。私が『三船《さんせん》の誉《ほま》れ』と名高い四条大納言《しじょうだいなごん》を、ここへ呼ばなかった理由がお分かりですね」

四条大納言とは藤原公任《ふじわらのきんとう》――あの定頼《さだより》の父親である。

常に道長に媚《こ》びていた公任は、その時も筆頭歌人として歌を献上《けんじょう》したのであった。

だが、それゆえに彰子《あきこ》は公任を信用しないと言う。

「何事も、皇太后《こうたいごう》さまのお心のまま――」

実資《さねすけ》は再び軽く頭を下げると、それを機に静かに立ち上がった。続いて紫式部が立ち上がり、実資を先導するように戸口まで送ってゆく。

その戸口に座り、深々と頭を下げる式部に、

「皇太后さまを、ようもあそこまでご立派に成長させなさいましたな」

と、ふと足を止めた実資が、独り言のように呟《つぶや》いた。

「私の功績ではありませぬ。梅檀《せんだん》は手をかけずとも、見事に育つものでございますれば――」

式部が目を伏せて答える。

梅檀は双葉《ふたば》より芳《かんば》し——という。かぐわしい香りを放つ梅檀の木は、芽が出た双葉の頃《ころ》からかぐわしい香りを放つ——つまり、優れた人物は幼い頃からその資質があるという意味だ。

二人の会話はそれだけだった。

実資はそのまま衣擦《きぬず》れの音をさせて去っていった。

賢子はどこか目もくらむような思いで、その光景をのぞき見ていた。

(当代一の賢人《けんじん》と名高い小野宮大納言《おののみやのだいなごん》さまが、お母さまをあのように認めていらっしゃる……)

それに引き換え、自分は母の何を見ていたのだろう。

(私が思っていた以上に、お母さまはずっと、ずっと大きな器の人だったのに……)

母は物語作者として立派なのではない。彰子のおそばで漢文の教師役だけを務めながら、宮仕えしていたのでもない。

実家に帰ってきて、しゃべる元気もなく物思いにふけっている母の、本当のつらさを自分は知っていたのだろうか。いや、知ろうという気持ちを持ったことがあったのか。

母は、国の中枢《ちゅうすう》に座る彰子を、しっかり支えていたというのに……。

(私はとうてい、皇太后さまの支えになどなれない……)

自分は母にはとうてい及《およ》ばない——そのことに気づくのは、意外なことに少しも不愉快《ふゆかい》ではなかった。

三

左大臣道長《みちなが》は決して愚《おろ》か者ではない。

見ていないようで、彰子《あきこ》の周辺にもしっかりと目を光らせていたようだ。

そして、あの小野宮大納言実資《おののみやのだいなごんさねすけ》と彰子の密談をどうやって知ったのか、その取り次ぎをしたのが紫式部《むらさきしきぶ》であるということまで、道長は探り出してしまったらしい。

（もっとも、この御所《ごしょ》には左大臣さまの手先だっているんでしょうし……）

仕える女房《にょうぼう》たちの何人かは、彰子の見張り役として、道長から送りこまれた者と思った方がいい。

道長は決して彰子を問いつめたりすることはなかったが、

「紫式部は、皇太后《こうたいごう》さまのおそばから下がらせた方がよいでしょう」

という一言を、彰子のもとへ届けてきた。

もともと、紫式部は道長のお声がかりで、彰子に与えられた女房である。道長が遠ざけよと言うならば、彰子はそれに逆らうことができない。

「分かりました」

話を聞いた紫式部は、まるでそうなることが分かっていたかのような手際のよさで、あっさりと彰子の御所から去っていった。

「されど、娘《むすめ》だけは皇太后さまのおそばに――」

紫式部からの唯一《ゆいいつ》の願いはそれだけだった。

「承知しましたとも」

彰子は二つ返事で承知し、賢子《かたこ》はそのまま彰子に仕え続けている。

ほんの一時だけ、母と一緒《いっしょ》に使っていた部屋は、そのまま賢子一人のものとなった。だが、今の賢子には少々広すぎる。それでも、

「お母上が去ってゆかれて、お寂《さび》しいでしょう」

今の賢子には、そう言って寂しさを慰《なぐさ》めてくれる人が何人かいる。

同じ御所に仕える中将君良子《ちゅうじょうのきみよしこ》と小馬《こま》、それに、休戦は終わったと宣言してきた小面憎《こつらにく》い小式部《こしきぶ》などだ。

他には、最近、皇太后の御所によく出入りするようになった藤原定頼《ふじわらのさだより》である。

「どうして、あの夜、私を置き去りに帰ってしまわれたのですか」

宣耀殿《せんようでん》の階《きざはし》の下で気を失った定頼は、気がつくと宣耀殿の北側の空き地で横になっていたらしい。しかも、運んだのが粟田参議兼隆《あわたのさんぎかねたか》だと知って、仰天《ぎょうてん》したという。

賢子に置き去りにされたと思いこんでいるようで、その後もねちねちと嫌《いや》みを言うのだった。その一方で、

「いったい、いつになったら、私の恋《こい》の歌に返事をいただけるのですか」

と、賢子に詰《つ》め寄ったりする。

確かに、歌の才能だけは秀才《しゅうさい》の父親譲《ゆず》りで、贈《おく》ってくる歌もなかなか見事であった。

だが、賢子は、

「せめて、物《もの》の怪《け》の前で気を失わないだけの根性をつけてからよ」

と、言い返している。調子のよい定頼《さだより》は、どうやら小式部にも言い寄っているらしい。

例の事件で共に行動した源朝任《みなもとのあさとう》とは、賢子は時折、文《ふみ》のやり取りをしていた。穏《おだ》やかな人柄《ひとがら》と、落ち着いた中にも才気のきらめく文章を、賢子は好ましいと思っている。

だが、賢子が届くのを待ち望んでいる文は、別にあった。

母式部が去った部屋で、賢子が所在無く過ごしていた夏の初めの夕べ、それは届けられた。

夕顔の花に、薄紅色《うすべにいろ》の紙に書かれた文が結び付けられている。

「越後弁殿《えちごのべんどの》」

筆跡《ひっせき》は繊細《せんさい》で、少し気取った具合に書き流されている。

頼宗《よりむね》からであった。

「お母上が御所《ごしょ》を去られて、お寂《さび》しいのではありませんか」

今光君《いまひかるきみ》と呼ばれていた頼宗は、この年の春の初め――つまり、賢子が実家に引きこもっていた頃《ころ》、故伊周《これちか》の娘伊子《むすめいさこ》の夫となり、正式に中関白家《なかのかんぱく》へ婿入《むこい》りした。

この一件は、皇太后の周辺はおろか、都中の女たちを嘆《なげ》かせたものであった。

「婿入りして窮屈《きゅうくつ》な身の上になりましたが、あなたが皇太后さまにお仕えしている限り、またお会いできるでしょう。前のお約束を、まだ忘れておられませんね」

読み終えるなり、賢子は筆を取った。


恋《こい》しさの憂《う》きにまぎるるものならば　またふたたびと君を見ましや

――恋しさが、日常の憂《うれ》いにまぎれてしまうものならば、もう一度あなたに逢《あ》おうとは思いませんが、あなたへの恋しさはまぎらしようもないから、もう一度逢いたいのです。

今の気持ちをすなおに詠《よ》んだものである。

賢子はそれを、薄様《うすよう》と呼ばれる薄手《うすで》の上質な紙に書き記した。色は薄い紫色《むらさきいろ》を選び、結《むす》び文《ぶみ》にして、文使いの男に託《たく》す。

文使いが帰って、ほっと一息吐《つ》いた頃《ころ》、

「あのう、また、お文が――」

と、賢子に仕える女童《めのわらわ》が、遠慮《えんりょ》がちに声をかけてきた。

この女童《めのわらわ》はもともと母に仕えていたが、母が御所《ごしょ》を下がって、正式に賢子に仕えるようになった。色が白いので雪《ゆき》と呼ばれる、十二歳《さい》の少女である。

「まあ、今度はどなたから――」

おおむね、定頼《さだより》か朝任《あさとう》あたりだろうと思って訊《き》くと、

「それが、粟田参議《あわたのさんぎ》さまからでございます」

雪は、どこかうきうきした感じで言った。

参議といえば、台閣《たいかく》（国政の最高機関、内閣）の一員である。

蔵人《くろうど》の朝任や右中弁《うちゅうべん》の定頼とは格が違《ちが》う。それに、位は正三位《しょうさんみ》で頼宗《よりむね》と同じだが、頼宗はまだ参議に昇《のぼ》っていない。

現時点では、賢子が付き合う中で、最も将来有望な男と言えなくもないのだった。

「今光君《いまひかるきみ》さま（頼宗）も捨てがたいですけれど、あちらは正式な北の方をお迎《むか》えになったばかりですし、粟田参議さまはいまだ独り身。いっそ、粟田参議さまをご本命になさっては――？」

御所暮らしは賢子よりも長いせいか、雪は幼いくせにちゃっかりと計算高いところがある。

「おかしなことを言わないでちょうだい。粟田参議さまとは何でもないんだから……」

松の幹のような太い腕《うで》に、首を締《し》め上げられた恐怖《きょうふ》を思い出して、ぞっとした気分になりながら、賢子は言った。

「ああ、でも、ご実家のお母上もお喜びになるでしょうねえ。姫《ひめ》さまが公卿《くぎょう》の方の想い人となられるなんて――。あのご立派なお母上だって、公卿の方々を夫にはなさらなかったのですから」

雪はなおも浮《う》かれた調子で言った。公卿とは、三位以上の上流貴族のこと。もちろん、賢子の父藤原宣孝《ふじわらののぶたか》も祖父為時《ためとき》も公卿などではない。

「どうせ、私のお父さまは公卿ではありませんでしたよ」

「あら、決してそういう意味では……」

雪はきまりが悪くなったのか、兼隆《かねたか》からの文《ふみ》を床《ゆか》の上に置いて、そそくさと立ち去っていった。

あまりうれしいものでもないが、そのままにすることもできず、賢子は兼隆からの文を開く。頼宗《よりむね》のように雅《みやび》な色紙を使うのではなく、真っ白な紙に書かれた色気のない文である。

(あら、意外にきれいな筆跡《ひっせき》だわ)

粗暴《そぼう》な男と思っていたが、一画一画をおろそかにしない丁寧《ていねい》な書きぶりである。

「越後弁殿《えちごのべんどの》。先だっては大変ご無礼をいたしました。この文も出そうか出すまいか、ずいぶんと迷っていたのだが、どうもあなたの周辺には、定頼《さだより》殿や頼宗《よりむね》殿など、あれこれと男の影《かげ》があると聞き及《およ》び、居ても立ってもいられず……」

そんなふうに書き出されている。

(男の影があるだなんて、まるで私が浮気者の小式部みたいじゃないの。失礼ね!)

賢子はそう思いながら読み進めていった。

「私のしたことはもちろん許されることではない。愚《おろ》かなことをいたしたと、今では思っている。ただ、あなたが幼い頃《ころ》に父君を亡《な》くされたと聞いて、もしかしたら、あなたには私の心が分かっていただけるのではないかと思ったのだ。私の人生は父の死によって、大きく変わった。中関白家の方々がそうであったように、私とて、父を亡くした者のつらさを味わったのだ。今にして思えば、その卑屈《ひくつ》さがあのような愚かな真似《まね》をした遠因であったようにも思う。いや、こう書けば言い訳をしているように思われるかもしれないが……」

どうも、あの夜に会った恐《おそ》ろしげな男とは別人のような、みじめったらしい書きぶりである。

亡き父親を思う気持ちには、同じ境遇《きょうぐう》なだけに、ほろりとさせられぬわけでもないのだが、あまりに女々《めめ》しい話を連ねられると、しだいに嫌気《いやけ》がさしてくる。

いったい、この男は何が言いたくて、文をよこしたのだろう。賢子は間の文字を適当にとばして、文の最後の方に目を転じた。

「あの夜以来、私を平手で打ったあなたの凛々《りり》しいお姿が忘れられぬ。どうか、この愚《おろ》かな私をあわれに思ってくださるのならば、私の想いを受け容《い》れていただきたい」

と、あるではないか。

「今のあなたに想い人がいるのだとしても、私は待つつもりです。決してあなたをあきらめるつもりはない」

（いったい、どんな血迷い方をすれば、自分の頬《ほお》を叩《たた》いた乱暴な女を好きになれるのよ！）

賢子は驚《おどろ》きのあまり、文《ふみ》を放り出してしまった。

「雪や、雪。お雪！」

賢子はあわただしく女童《めのわらわ》を呼んだ。

「は、はい。姫《ひめ》さま」

雪が部屋の隅《すみ》から駆《か》け寄ってきて、几張《きちょう》の端《はし》に手をつかえる。

「粟田参議《あわたのさんぎ》さまの文使いに言ってちょうだい。返事はありません、とね！」

「は、はあ……」

雪は少し惜《お》しそうな顔をしてみせる。

それを見るなり、猛烈《もうれつ》にあの夜の怒《いか》りがこみ上げてきて、

「金輪際《こんりんざい》、あなたさまへの返事などありませぬ、と言っておやり！」

賢子は怒鳴《どな》りつけるように、そう叫《さけ》んでいた。

結びの章

賢子《かたこ》の母紫式部《むらさきしきぶ》は皇太后《こうたいごう》の御所《ごしょ》を退《ひ》いた後、間もなく宇治《うじ》へ行くと言い出した。

「あちらで出家《しゅっけ》をし、庵《いおり》で静かに暮らしたい」

出家は昔からの母の念願だった。ただ、彰子《あきこ》に仕えている間は、それを言い出せなかっただけだ。その気持ちを察していた賢子は、あえて反対はしなかった。

親しかった宰相君《さいしょうのきみ》にも知らせず、ひっそりとした出立《しゅったつ》を、式部は望んだ。祖父為時《ためとき》も任国《にんごく》の越後《えちご》にいるので、式部の見送りは賢子ただ一人である。

夏の初めの頃《ころ》、二人はそれぞれに馬を牽《ひ》く従者を連れ、都を出てからは馬に乗った。乗るといっても、手綱《たづな》を操《あやつ》ることはできないので、従者が馬を牽いてゆくのである。

式部と賢子は壺装束《つぼしょうぞく》という、薄布《うすぬの》で顔を覆《おお》う笠《かさ》をかぶった旅行用の出で立ちをしていた。

一行は鴨川《かもがわ》に沿うような形で南下し、宇治を目指した。空は抜《ぬ》けるように青く、この日の二人の心を占《し》めるうら寂《さび》しさとは縁遠《えんどお》い様子であった。

宇治《うじ》の地を流れる宇治川は、鴨川《かもがわ》よりもずっと水量が多いと聞く。

そのすさまじい水音を聞けば、寂しさが募《つの》るのではないかと、賢子は母を心配していた。二人は鳥羽《とば》の辺りまで来て、いったん休憩《きゅうけい》を取り、並んで川岸の大きな石に腰《こし》を下ろした。式部はその時、見送りはここまででいいと、賢子に言った。

「そんな……。宇治の庵《いおり》までお送りいたします」

賢子は言い返したが、式部は暗くならないうちに皇太后の御所へ戻《もど》るよう、言って聞かなかった。いずれも引っこみがつかなくなって、母と娘《むすめ》はどちらからともなく黙《だま》りこんでしまう。ややあってから、

「私は庵に引きこもって、物語の続きを書くつもりです。やっと理想的な暮らしができそうですよ」

式部がぽつりと呟《つぶや》くように言った。

見れば、母はほんのりと笑顔を浮《う》かべている。これほど母の屈託《くったく》のない笑顔を、賢子は見たことがない。式部が今、心の重荷を下ろして、本当にほっとしているのだということが、賢子にも分かった。

「でも、お母さま。『源氏《げんじ》物語』はもう終わっているではありませんか。光源氏《ひかるげんじ》が死んだというのに、続きというのはおかしくありませんの?」

「私が書いたのは、源氏の物語であって、光源氏の物語ではありませんよ。源氏を名乗る主人公ならば、光源氏以外にもまだいるでしょう」

「まあ……」

光源氏の息子たち、あるいは孫たちの物語の構想があるということか。

いずれにしても、母はあの物語の続きを書くことに、余生《よせい》を費やすつもりらしい。それは、母にとってはとても幸福なことであろう。

「私、お母さまという人をよく分かっていなかったみたい」

賢子は不意に母から目をそらして言った。

鴨川《かもがわ》の水面が初夏の陽射《ひざ》しを浴びて、きらきらと輝《かがや》いている。

「あなたを放って宮仕えしていたことを、責められているみたいね」

「そうではありません。一緒《いっしょ》に暮らしていても、きっと分からなかった。皇太后《こうたいごう》さまの御《お》前《まえ》で、ああして小野宮大納言《おののみやのだいなごん》さまと言葉を交わすお母さまを見なければ――」

「母と娘《むすめ》とは、そういうものかもしれません。私の母上は早くに亡《な》くなってしまったから、よく分からない部分もあるのだけれど、母に反発したり、母を批判したりするのも、娘というものの宿命なのでしょう」

母らしい言い方だと、賢子は思った。

「本当にそうね」

すなおにうなずくことが、今はできる。

「私、宿命とか運命という言葉が好きではありませんが、今はお母さまのおっしゃるとおりと、申し上げておきますわ」

「あなたもいずれ娘を持ったら、今の私の気持ちが分かるでしょうよ」

「私が娘を持つ——？」

賢子は頓狂《とんきょう》な声をあげた。

「何を驚《おどろ》いているの。いずれはあなたも誰《だれ》かと夫婦《めおと》になるでしょう。それに、このたびはずいぶんと多くの殿方《とのがた》から、文《ふみ》などいただいているようだし……」

「知っていらっしゃったのね」

きっと雪が知らせたに違《ちが》いない——と、賢子はこしゃくな女童《めのわらわ》の顔を思い浮《う》かべる。

「私の若い頃《ころ》にはなかったことだわ」

「そうなのですか」

「ええ。宮仕えにも出ていなくて、越前《えちぜん》のような田舎《いなか》で暮らした娘だもの。相手にしてくださったのは、あなたのお父さまだけよ」

祖父為時《ためとき》が昔、越前守《えちぜんのかみ》だった頃《ころ》、母もまた、越前へ下《くだ》っていたという。母は都へ戻《もど》ってきてから、父を夫に迎えたのであった。

母から、こんなふうに父の話を聞くのは、めずらしいことである。

「あなたのお父さまは、それは明るくてにぎやかなお人でね。一緒《いっしょ》に話をしていると、笑いが止まらなくなるの。おっちょこちょいで、早とちりもよくなさったけれど……」

「まるで、今の私のことを言われているみたいだわ」

「だからこそ、若い殿方《とのがた》たちもあなたに文を送るのでしょう」

そう言うと、さらにめずらしいことに、母は声を立てて笑った。

「でも、恋《こい》を語らうお相手は心してお選びなさい。あなたの一生を託《たく》する人ですよ」

「あら、私は一生を託する人なんか、選ばないわ」

賢子は決然とした口調で、宣言するように言う。

「私の一生は男の人のものではないもの。私だけのものだわ」

「あなたらしい言い草ね」

式部はそう言うと、腰《こし》を下ろしていた石から立ち上がった。つられて、賢子も立ち上がる。

「さあ、もうお帰りなさい。本当にここまででいいのよ」

「……ええ」

結局は賢子が折《お》れることになった。

「二度と会えなくなるわけではないのに……」

だが、俗世《ぞくせ》の姿の母を見るのはこれが最後となる。

次に会った時、母は尼《あま》姿になっていよう。それも、母には違《ちが》いないが、出家《しゅっけ》した人にとっては、娘《むすめ》も娘ではない。

「体に気をつけてね。私の若紫《わかむらさき》……」

式部は賢子の肩《かた》にそっと手をかけて言った。

「えっ、若紫って……?」

母の書いた『源氏物語』を彩《いろど》る女主人公、紫の上のことである。

美しく聡明《そうめい》で、光源氏に愛された紫の上を、賢子は自分に似ているなどと思ったことは一度もない。少女時代に限ったにしても、可憐《かれん》な若紫の少女はどう考えても自分ではない。

だが、

「若紫はあなたを書いたのよ。気づいていなかったの?」

と、母は言う。

「そんな……」

「皇太后《こうたいごう》さまは、あなたをご覧《らん》になって、すぐにそれとお気づきになられたのに……」

ふふっと、楽しそうに母は笑った。

「お母さま。皇太后さまの御事《おんこと》はどうぞご心配なく――」

胸にこみ上げてくる熱い思いに突《つ》き動かされて、賢子は叫《さけ》ぶように言っていた。

「小野宮大納言さまと皇太后さまの橋渡しは、この私が立派に務めてみせますわ」

彰子《あきこ》の父親でありながら、彰子の真意をくみ取ろうとしない左大臣藤原道長――。

宣耀殿《せんようでん》の物《もの》の怪騒《けさわ》ぎは、あの考えなしの兼隆《かねたか》が勝手にしたことらしいが、道長が本気で敦康親王《あつやすしんのう》と中関白《なかのかんぱく》家を追いつめようとすれば、それは政治を巻き込む大がかりなものとなるだろう。その時、表の世界で彰子《あきこ》を支えるのは小野宮藤原実資《さねすけ》だが、裏で彰子を支えるのはこの自分だ——と、賢子は思い決めている。

「信じています。あなたは私の娘《むすめ》だもの」

うなずいて言う母紫式部の笑顔は、夏も初めの青空に明るく映《は》えていた。